Nicolás Peyceré

Los días sentimentales

Dibujos de Nicolás Peyceré

Adriana Hidalgo editora

Peyceré, Nicolás
Los días sentimentales. - 1a. ed.
Buenos Aires : Adriana Hidalgo editora, 2005.
212 p. ; 19x13 cm. – (la lengua : novela)

ISBN 987-1156-24-3

1. Narrativa Argentina I. Título
CDD A863.

la lengua / novela

Editor:
Fabián Lebenglik

Diseño de cubierta e interiores:
Eduardo Stupía y G. D.

© Nicolás Peyceré, 2005
© de las ilustraciones: Nicolás Peyceré, 2005
© Adriana Hidalgo editora S.A., 2005
Córdoba 836 - P. 13 - Of. 1301
(1054) Buenos Aires
e-mail: info@adrianahidalgo.com
www.adrianahidalgo.com

Impreso en Argentina
Printed in Argentina
Queda hecho el depósito que indica la ley 11.723

Prohibida la reproducción parcial o total sin permiso escrito
de la editorial. Todos los derechos reservados.

Muy lejos de casa. Cuando era una adolescente, mi padre me llevó a visitar la International Exhibition of Modern Art, en Lexington Ave.-25th ST, New York City. La exposición grande que se llamó Armory Show. Anteriormente, para Photo-Secession, Alfred Stieglitz había inaugurado las Pequeñas Galerías en la buhardilla de un edificio de departamentos, el número 291 de la Quinta Avenida. Fue una rebelión contra la autocracia de las convenciones. La idea femenina de escribir, de inventar de un modo literario un Armory Show, la tuve por las ocurrencias contra convenciones, que me llegaban como desde un comité ejecutivo mental. Con alguna razón, que la misma abeja me pique dos veces. Los locales del 69th Inf't'y Reg't Armory, estaban adornados de ramas de pino y banderas para el emblema del pino. Por el cuadro, *Desnudo bajando una escalera núm. 2*, y por la escultura en yeso, *Señorita Pogany*, la gente se aglutinaba, reía. O se daban vuelta con un gesto de ira. La escritura de estos papeles me empujó la manera, destrozó a veces el somier de mi cama, los sueños de pinos; puede ser whisky con ciruelas azules ásperas, puede hacer reír y contrariar. La forma como animo el asunto. Destrozó el somier de mi cama. Y un peldaño al primer piso. Quizá no destrozaré el sueño de alguien. Quizá si alguien me leyera encontraría discordancias. Una escritura de partes cortas, angosturas sin mucho orden, un coleccionismo, de lugares no consecutivos, cuadros de algún género, otros de figura híbrida, un estilo propio, un hablar chocante, escenas apuntadas con una Waterman's ideal fountain pen y compuestas con la máquina de escribir Erika, una lista sin orden, de pinturas azules, de pinturas ocres, un salto de fe, etcétera.

Los días ingleses

El cielo se pareció a una palma de una mano. Fue un dibujo de tizas azules y grises. Yo señalé las nubes de un modo cubista. Puse cigarettes, algún paraguas, una gente, diarios de letras diversas, unas pipas, unas botellas, unos instrumentos músicos, unos clarinetes en direcciones libres. Pinturas que necesitarían llamarse, *Composición con paraguas oscuro*, *Naturaleza con violín y tocadora de guitarra*, *Naturaleza con pipas y los fumadores*, *Naturaleza con periódicos y botella de Vieux Marc*, *Conjunto de las señoritas, naipes y la letra B*. Partes sueltas o reunidas; y para cada cosa tiza y los papiers collés. Yo me figuré, *La señorita y un cartel*. ¿Qué hacías María Iluminada, tan lejos de Buenos Aires y de papá, mirando un cielo inglés con etiquetas o naturalezas? Y de pechos sobre el borde de un balcón, como indiscreta que mira el paisaje del lado de Hastings. Unos espejos altos hicieron lo refulgente de las nubes. En la parte de la playa hubo círculos claros para los casi desnudos femeninos; que primero se doraron y por el fin de la tarde se tornaron pizarrosos. Con sus ramilletes de amapolas y las meriendas bajo las sombrillas. Y las tartas anaranjadas y las avispas que sobrevolaban. Un grupo de instrumentos de viento conducido por un trombonista se retiró. Hubo los olores villanos de la arena. Hasta que el colorido se volvió íntimo, un tanto violeta y brumas; después todo sí apizarrado. Mientras unos brazos de mar ya fueron hoscos y hoscos. Inglaterra me tenía en la palma de su mano. Por el año 1923 iba mi alma entre temores y sonrisas; qué temores me preguntaría; e ideas de antes que no tuve a bien cambiar.

Con las amigas de Londres, de aquel verano largo, quise estar junta. Y me describiría de una índole. Al lado de Susan, Effi, Melody, Heidi y la norteamericana Bella que amaba la poesía. A todas nos conmovían los aparatos niquelados. Montábamos en los caballos mecánicos, o comprábamos snacks en una expendedora automática de la estación de Paddington. Esas máquinas niqueladas eran perfectas, no necesitaban luz, apenas limpieza, guardaban fresco no insectos, eran lisas, prestaban sus resplandores. Y leíamos lo que escribía Shirley Wainwright en la revista *Decorative Art* sobre las máquinas modernas y la tendencia democrática de las artes aplicadas. Ahí llegaban nuestros gustos. Aunque una vez nos hicimos retratar por un artista de un estilo Man Ray. Y fue maravillarnos y dejarnos recorrer por las risas y en sobresaltos. Luciendo ligeras con vestidos charleston, como listas para bailar un foxtrot de ritmo sincopado; con abanico de plumas de avestruz, con tocas y no. Peinadas y despeinadas. Igual que cómicas musicales. O atrapadas en poses indolentes casuales. En estado atractivo hasta cierto punto, no desnudas íntegras. Aunque Effi, más empeñada, otro día hizo le nu décoratif; echada y el brazo izquierdo sobre la frente.

Ésos eran los temas y serían memorables los días. Pero otros meses fueron de muchos significados para mí. Los meses de antes en París, cuando estudié pintura y me embrujaron los cuadros cubistas de Alexandra Exter, y sus figurines para líneas de ropa que se llamaron Máscaras de Formas; que eran de cintas y colores bravos. Cuando advertía que se trataba de un constructivismo de diseños acrobáticos, agudos. También me gustaron los trabajos de Liubov Popova, que dibujó vestidos ligeros para las automovilistas y pintó cuadros con partes que lucían metálicas. Y cuando, sentada en las terrazas de los cafés, con amantes de los estilos Arts & Crafts, comentaba de esas mujeres artistas, libres por sus vidas y sus pinturas. Que eran unos ejemplos. Y pensé cómo repetir en mí tales modos de juventud, unos modos modernos no vulgares. Unas historias no vulgares, que no guardé en naftalina.

Pero escribí de lo que me cohibió. De cuando el día de la Asunción de Nuestra Señora, con Heidi, Melody, Effi, Susan y Bella, otra vez fui a la playa, en Clacton. De cuando Heidi temperamental discutió. El cuadro fue: *Señoritas sentadas en trajes de baño Jantzen, reunidas para jugar a las cartas y tomar un refrigerio*. Algunas con el pelo recogido en lo alto de la cabeza. Formábamos un óvalo acabado. Y hablábamos arrellanadas, tibias. Aunque una brisa me enfrió las mejillas y las manos. En un momento se escurrieron mis ideas. Me miré las rodillas empecinadamente. Una vez apoyé la cara en una rodilla. Había pasado un año desde la muerte de mamá. Mamá que se enfermó sólo tres días y enseguida murió. Y ella murió enconada entonces. Y eso fue igual a un golpe a mi nuca. Y fue otro golpe a mi nuca, el que seguidamente viera que papá envejecía mucho. Si no se escurrían mis pensamientos volvía al grupo en forma de óvalo. Pero no levanté la mirada sobre mis rodillas, y menos cuando expliqué hundida, a las amigas, para todas, que permanecería virgen hasta el matrimonio. La brisa aumentó entre las piernas y las sillas. Entonces Heidi como pasmosa dijo, Heigh-ho!, Miss María Iluminada might think the accord of paintress and virgin queer, so as to ask if there is some mistake.[1] Y llegó un silencio incómodo. Una luz rozaba, daba un borde luminoso a cada amiga. Una lágrima o un rocío me caminaría por una mejilla. Y habré alzado los ojos escandalizada y bajado de nuevo la vista sobre las rodillas, cuando dije, en tartamudez, But nay, nay, I prefer, but, in an unhandy solitude; an ait.[2] Mi corazón golpeó glacial y fuerte. Otras palabras tenía en un límite de los labios. Pero elegí la inmovilidad. Pero también estuve encorvada como si cargara un hato. Y Bella me acarició una mano. Porque aquello fue el empezar de algo.

---

[1] ¡Ufa!, la señorita María Iluminada podría pensar extraño el acuerdo pintora y virgen, como para preguntar si no hay allí algún error.
[2] Pero no, no, prefiero, pero, en una soledad desmañada; una islita.

Fui al club de maquetismo de aeroplanos. De la Royal Air Force. Los oficiales miraban fascinados el vuelo de maquetas de aeroplanos y zeppelines. Sin descanso quise ser pedigüeña. Sin descanso mostré de dos manos mi gorra en la sociedad de oficiales maquetistas. Como si estuviera decidido. Un oficial no quería terminar de soltarme las dos manos. Es lo que cuenta, pensé. Para los días de su licencia estuvo su deseo. Aquí lo hacemos de esta manera, parecía decir. Vengo de otro lugar, habré argumentado. Pero él podría hacerme reír. Pero entonces ganaría el modo lunática. Una vez me invitó a viajar de noche, London-Edinburgh. To Edinburgh?, that's too soon for me.[3] Él igualmente me besó, detenidamente, y me hacía cosquillas. Stop, I'm ticklish, I'm girlish.[4] La locomotora de fogonera larga, fue espléndida y lustrosa como la Flyng Scotsman. Llegué elegante; me acuerdo de los zapatos con adornos de piel de lagarto. Él creo que me dijo que estaba irresistible, como la divina Louise Brooks preparándose

---

[3] ¿A Edimburgo?, eso es demasiado pronto para mí.
[4] Pare, soy cosquillosa, soy una muchachita.

para el rodaje. Entonces torcí hacia un lado la cara. Entonces le contaba la broma, Tomé clases de formación para señoritas en una escuela de modales y graciosas maneras, en el West End; el asunto era andar con un libro amarillo en la cabeza, apuntando hacia arriba con el dedo índice; ideal para mantener la espalda en una línea y el cuello en una línea. También era tomarse un tobillo con una mano y sostener el libro sobre la cabeza con la otra mano; dando saltos. Él me observó con alguna extrañeza. Pero siguió, I'll talk to my beggar child all night long.[5] Viajamos en el cochecama; la cabina era como un gabinete laqueado. Llegué a una no mentira. Llegó primero un silencio y una tiniebla; él fue como de pigmento negro, lapis demonis, yo de pigmento rojo, hematita. Sacudí algo la cabeza de izquierda a derecha. Please! I'm ticklish. Ah!, somebody handsomely snatches up my clothes, with bravado and freshness. Ah!, in a lacquered cabinet.[6] Seguía mi tiniebla y él siguió sin miramiento. Whereupon I waddled on admirably. Twittering. And belly-rub, and belly-ache. And slowly swooning. And the morn in russet mantle clad.[7]

---

[5] Hablaré con mi niña mendiga toda la noche.

[6] ¡Por favor! Soy cosquillosa. ¡Ah!, alguien hermosamente arrebata mi ropa, con bravata y frescura. ¡Ah!, en un gabinete laqueado.

[7] Con lo cual me moví como ánade admirablemente. Gorjeando. Y frote de barriga, y dolor de barriga. Y un suave desvanecer. Y la mañana cubierta en un manto rojo.

En Londres Heidi me dijo entre sonrisas, María Iluminada, pull down your affliction; no virginity is made to endure. He doubtlessly, with a brief beat of his eyelids, looked into the fish-scales; yours! And he smelt hay under you. And in the pale light he has seen the freakish and beautiful girl.[8] Y me dijo con énfasis, Bliss bliss, no more sighing. Yet, if you have clasped your aviator, naughtily, he cannot but to disjoint your thighs. Doubtless an amateur. And this is not folly, fair Daphne-laurel. And merely your groin muscles for a time were aching.[9] Entre las puertas Bella escuchó lo que hablábamos. Estuvo de acuerdo con las explicaciones y hasta hizo una reverencia de apro-

---

[8] María Iluminada, arroja tu aflicción; ninguna virginidad está hecha para perdurar. Él sin duda, con un apenas latido de sus párpados, miró en las escamas de pez; ¡tuyas! Y olió heno debajo de ti. Y en la pálida luz ha visto a la extravagante y bella muchacha.

[9] Arrobamiento arrobamiento, no más suspirar. Además, si has abrazado fuerte a tu aviador, pícaramente, él no pudo menos que separar tus muslos. Sin duda un amateur. Y esto no es tontería, perfecta Dafne-laurel. Y meramente los músculos de tus ingles estuvieron doloridos por un tiempo.

bación, como suele hacer ella; que no se sabe si es, no es, una moda de los Estados Unidos. Asimismo, opinó que no era asunto de quedar plegada sobre la cama, murmurante y llorosa; con las ideas fantasmas. Y nuestras conversaciones llegaron a la cocina bañada en luz, y con el aroma del café caliente. Una criada escuchó, vestida pulcramente de delantal, con su cofia, y seguramente le contó a otra de cofia, y a otra. Porque en las cocinas se habla mucho. Entonces recordé cuando Bella cubrió mi mano con su mano, ese día en Clacton. Cuando lo que dijo Heidi quedó en mí, primero como una insinuación, después como una disposición, o algo imperioso. Que el apego a ella me hizo cumplir. Transfigurada. Y ahora también Heidi quería cubrirme de besos. Entonces me conmoví por el cariño de las amigas. Y recapacité sobre cuánto les gustaba alentarme para unas habilidades y extravíos con mi oficial aviador. Porque les conté hasta lo último que había para confesar. Y ellas, a su vez, me contaron de cosas parecidas para confesar. Y yo volvía, en mi nueva condición, de deseada, a pensar sobre el porte de mi oficial amateur, de piernas cruzadas, de uniforme no suave, de pelo cortado a cepillo, que miraba siempre hacia las partes de mi cuerpo. Que insistía silencioso en mirarme con un estilo... y fumar, y sus piernas cruzadas. Pero esos días me deslizaba continuamente hacia lo que no podía dejar de recordar.

Porque hubo el encono de mamá cuando moría, empecé a soñar con ella para amigarla; darle una manera de vida. Una miga de milagro. Porque cuando se duerme con los ojos apretados, el alma abandona el cuerpo y se reúne con los difuntos. Eso contaba el autor del libro *The Fairy-Faith in Celtic Countries*. Pero la revista *Strand* echó a perder el juego. Hacía aparecer fotografías espiritistas, crudas, de cuando las hadas bailarinas tomaban baños de sol en una vaguada, por una parte de un bosque de abedules. Allí las vieron donde había un pie de sol. Allí aparecían con un estilo vibración. Pero aún excedida, ésa fue una historia demasiado pequeña para mí. Pero me llegaría sólo una música triste. Zambullida en una música triste. De un octeto con un clarinete en el lugar del segundo violín. Que se entremezclaba, no sabría por qué combinación. En un scherzo difícil. Pero creo que un octeto o un cuarteto con clarinete no existen. Lloré en Londres, si mamá no estaba en un sueño, si no estaba en la fotografía espiritista de la revista *Strand*. Si no hubiese un clarinete en un octeto. Y no debí tener esos encuentros con oficiales, en los lugares reservados para oficiales.

¿Qué fue lo que hice ahí mismo, en Londres? Lo que no podría haber escrito en una carta a papá. Lo que tendría que perderse de memorias. Mis ideas eran de flechas que iban de un punto a otro. Y me imaginé, en un tirón, colocada sobre el portal de Strasbourg entre las locas. Porque papá habría de hallarse muy perplejo por los relatos sobre mis paseos con oficiales. Porque, cuánto estaba bien que yo siguiera en Londres, se preguntaría. Cuánto habré de oír todo de nuevo de la boca de ella, se preguntaría. Cuánto de rápido volvería para casarse con un hombre argentino, pensaría. Una vez, con la cabeza echada hacia atrás chillé, como una gallina arrebatada en vuelo. Pero antes de que empezara el frío riguroso metí mi ropa heterogénea en un baúl. No metí el retrato de mi oficial de uniforme sepia. Me dije cuando no lo metí, Cómo te gusta tu oficial ojos azules. Antes de que empezara ese invierno nórdico me embarqué en el vapor *Aquitania*. Hice una aritmética y llegaría a Buenos Aires con justeza, para cumplir veintidós años.

Otoño del 30

Londres me tuvo en la palma de su mano. Siete años después, el primer día de otoño de Buenos Aires, escribí: Aún no llegó una carta de mi marido. Oh amado, parecido a Harold Lloyd en la cinta *Girl skay*, con su automóvil Whippet catástrofe. Oh, primas Irma y Pirica, por qué están enfermas. No quisieron acercarse a Nina. Mi niña Nina tiene cuatro años y una hermosura de muñeca francesa. Mi amiga Pina viaja a Europa hacia la mitad de nuestro otoño, visitará Berlín y el Báltico. Me prestó el diario de Dorothy Wordsworth. Yo casada hace casi seis años; mi vestido de novia era un modelo parecido al de Lady Elizabeth Bowes-Lyon.[10] Me veo en una fotografía junto a mi marido, hay una cacatúa detrás. Me sorprende pensar en el terror que entonces tuve. Él se queda mucho tiempo en la estancia de Tandil. A mí no me da gusto estar allí, la casa todavía no es confortable. Pero me hallo bien en Ituzaingó, en la quinta La Balvanera; porque tiene una buena casa. Con un bow window español y unos dinteles

---

[10] Lady Elizabeth Bowes-Lyon, casada con quien después fue rey.

de tejas de cobre para las ventanas. También hay un balcón largo de madera pintado rojo. Y una galería cubierta de glicinas, hiedra y uvas salvajes. La cochera es muy amplia, pavimentada con adoquines. Hay lindos caminos afuera, para pasear y girar en nuestros alazanes y un tordillo. También hay lindos caminos interiores, donde Nina puede hacer su carrera de aros con la melena desatada, acompañada por su negro perro Tulip; como en la Costanera de Buenos Aires. Y tenemos un molino alto y un tanque australiano de piso de cemento. Sirven para el riego en los cuadrados de hortalizas. Hay grandes cuadrados de higueras y membrilleros. Hay naranjos y ciruelos. La quinta es mi persuasión verde. Para cien escenas. Nunca me cansaré de estar ahí. Pero el verano pasó. La luz cambia. Hemos vuelto a la ciudad, a la casa larga de la calle Viamonte.

Si alguien leyera mi Armory Show, encontraría discordancias. A esos papeles los llamo ahora Bedside Book. Están escondidos. En soledad les echo miradas, con escrúpulos. El tercer día de otoño mi marido quiso cambiar la máquina segadora gavilladora, también la sembradora con taladradores para monte, sistema Hallensis. No entró caballeroso, no se quitó el canotier rustic de picos y trenzado grueso, que le costó seis pesos con cincuenta. Sus hombros parecían poderosos. Yo limpiaba, sin sirvientas, por el asunto de cambiar de sirvienta, sin la guaranga de la tarde. Limpiaba en un mareo de Dios sabe. Sentada sobre el piso, las piernas abiertas, el vestido camisero pringoso y una vincha en la cabeza. De perfume no igual a loción Ambre Indien, o Rose Brumaire, ni a Chypre. No en éxtasis por esa entrada áspera. Él destacó sus posturas con las manos en la cintura, rodeado por los espaldares oscuros de las sillas y por los jarrones grandes, que hacían una ronda de mujeres de mucha cadera. Más los armarios turbios, las vitrinas turbias, el escritorio abismado. Otra vez afirmó sus palabras. Compraría una nueva segadora gavilladora, una sembradora con taladradores, la segadora para cuchilla levantada, y la del sistema Harvester. También dejaría su gracioso automóvil Whippet y compraría uno nuevo, un Hudson Super 8. Sentó sus propósitos interminablemente. Como entusiasmado consigo mismo. Mientras yo, señora María Iluminada, su mujer, de sensiblería tierna, ridícula o exagerada, de vestido en olor amargo, tenía esa palabrería sobre máquinas por las orejas. Y tuve con una mano una gamuza verde y con la otra me aplasté el pecho redondo izquierdo. Hasta que, vivamente, pero con angustia, le dije que debíamos ir por la sirvienta nueva, recogerla, en el ferrocarril, en la estación. A ésa, entre las que llegaban para trabajar, unas entorpecidas terrosas de párpados terrosos, amontonadas y por abrirse en una pelea de lugares. Pocas serían indias puras, wichis de la selva de Salta, guaraníes del Paraguay, tobas del Chaco. Muchas, mestizas. También llegarían unas rubias de las colonias alemanas y polacas de Misiones.

Siguió un hábil tiempo frío. En la puerta del British Club, achaté con una mano el sombrero en mi cabeza y dije a mi marido, Me llamaré señorita Pogany, el nombre de una escultura de yeso. Hubo cerca un grupo de mujeres en vestidos de noche alrededor de un automóvil Bugatti. Una estaba cubierta con pieles de arminio. Una alta llevaba túnica y sostenía de una correa un lebrel. En el salón hubo filas de señoritas de melenas delicadas, con muselinas y gasas, y espaldas descubiertas. El conjunto fue muy bien con el cartel de anuncio, Grand Bal de Nuit. Adoré una noche así. Como cuando de soltera, iba a bailar foxtrot y onestep, en lugares donde había bandas de negros auténticos. Llegábamos, las amigas, yo, de vestidos cortos, incisivos, livianas, eléctricas. Había mucho blanco y dorado y la gloria de las luces. Bailábamos excitadas por el clarinete y el estómago suavemente ahuecado por el bass y el drummer. Andábamos con tupé, en saltos ideales. Éramos ilustraciones para *La Gazette du Bon Ton*. Éramos dibujos de Paul Iribe. Y fotografías en gelatina de plata. O unas copas Dadá de cristal. Éramos tan modernas... Por las divinas insatisfacciones inventábamos a los varones, como soñadores, o rudos, chirles, fifís, enfarolados, giles.[11] Y por no decirles, Titubeo, pero quiero respirar con vos, dame los besos sin final. Reíamos, nos cubríamos la cara con las dos manos, nos emocionábamos con humedecimiento. Había listas y sugestiones. Estos interesantes, esos estancieros, aquellos automovilistas con sus Chevrolet, unos polistas, o futbolistas como Jorge Brown que jugaba en Alumni. Otros olvidables. Pero como atontada, con algún vértigo, salí de los recuerdos. Mi marido fumaba un Dunhill cubano. Tomamos el Affinity Cocktail; scotch, vermouth suave y salpicaduras de naranjas amargas. Hablamos liviandades. Sin atinar repetí, Soy la señorita huevo de yeso del cocinero Constantin Brancusi.

---

[11] Del lunfardo: fifís, atildados; enfarolados, engreídos; giles, ingenuos.

Las amigas son claras como señoritas huevo de yeso. La sirvienta nueva tiene la piel oscura. Oscura y tibia. Algo de preciosidad. De casi dieciséis años. No como nosotras antes de casarnos, preciosamente copas Dadá de cristal, talladas y pulidas. Y de unos amaneramientos fijos. Ella es tierra de Siena, con toques de luz por los pómulos y los párpados. Y cautelosa. Hoy almorzó con las demás sirvientas en la parte de las dependencias. Después la llamé para que me acompañara en la parte primera de la casa, para el arreglo de la sala modernista. Me ayudó con una franela muy amarilla en la mano. Escuchaba mis advertencias; puesta derecha o apenas inclinada, entre los jarrones. Tres jarrones Juriaan Kak de porcelana china, bellos, un jarrón Antonin Daum con adornos de flores de cala y vidrio coloreado, un jarrón Emile Gallé con adornos de cólquicos y vidrio coloreado. Al lado de una lámpara Emile Gallé con adornos de endrinas, vidrio con varias capas de color y armadura de bronce. La vi moverse, las piernas ágiles, diversa, absorbida. Al lado de una lámpara de mesa Riemerschmid, de una silla para sala de música Riemerschmid. Y de las telas con motivos florales abstractos. Entre las sombras débiles. Al lado de un biombo Jean Dunand de laca y marfil con dibujo de serpiente y pantera. Pero dejé de mirar errática y me contraje en la muchacha niña. Que enseguida esperó tiesa, con la franela muy amarilla en la mano. A su vestido le llegaban los reflejos de los jarrones, las lámparas y el biombo; unas líneas verticales de sal gema, unas líneas quebradas de oro rojo, y naranjas y añiles. Así fue un retrato de la muchacha Dionisia.

No hubo varones por la casa hoy. Dionisia ha elegido no estar desenvuelta. Grave sombreó sobre la escalera del fondo y sobre una pared. Sombreó sobre un latón largo en el corredor. Ha tenido la vista distraída, puesta hacia lo oscuro. Con un mohín una vez. Sombreó cerca de la vitrina de libros catalanes para adolescentes, cerca de la vitrina de libros de mecánica popular. Me pregunté si se hurtaba de mí. Entonces imaginé su olor sutil en cuartos. Y unas maneras de aparecer desde alguna puerta. En la hora del planchado, inesperadamente, como venida de nadas, entró. Llevaba una pila de ropa blanca puesta con dobladuras, repasada, almidonada y tibia; las toallas y los sous-vêtements apoyados prolijos. La sátira fue: por qué durante su entrada temblé yo de cada fibra, por qué incluía que el cuerpo de ella también temblaba, se estrujaba. Tuvo el pelo recogido. Sin escándalo giró atlética, tenía la nuca libre. Sombreó mucho sobre el hueco de la escalera, deformó las tablas de cedro y el sistema de casilleros en la vitrina. Sin ruidos. Después se desvaneció mi resquemor. Después se encendió suave una platería criolla y corrió un hilo de luz en su brazo izquierdo. De tal vez un golpe de sangre en la cara, de todo lo anterior me compaginaba. Ahora he vuelto al dominio de la voz. Me compaginé para llamar apenas, Acercate Dionisia vení... qué pensás lentamente... Le dije con mi tono de porteña. El tono de mujeres finas porteñas. No igual en el mundo como tengo creído. Y ella se volvía. Fue una muchacha en simplicidad. Ahora con puntos de luz sobre su canesú. Inclinó poco la cadera y la pollera flotaba hacia un lado.

A las ocho y cinco, la noche empezada, salí del patio grande, pasé la puerta de latón y vidrios y crucé el comedor de diario. La casa perdió monotonía. La causa fue: unos ruidos como de correajes y paños frotados que venían de un dormitorio. Vi la puerta entreabierta. En el cuarto de teñido azul vi el desarreglo. Mi sobrino de once años caía sobre Dionisia, la tomaba por atrás, igual que un felino que asaltara una ternera. Trepado por el lomo. Con un brazo le rodeaba el cuello y le aplicaba una rodilla contra los riñones. Ella caía doblada como quebrándose piernas, los propios muslos sobre las piernas, el trasero sobre los talones. Su torso pareció alargado. Tuvo puesto un vestido corto celeste que se arrugaba, con ángulos húmedos. Cuando desde atrás él arremetía y la abrazaba y enseguida también apretaba con sus piernas para sujetarla toda. Entonces se desatinaron mis ideas. Qué cosa de niños... o, qué cosa de varón y de mujer... Los rodeaban unos muebles en bruma azul, pero lucían los bronces de una cama. Acercada, me pareció que debía intervenir. En tal comienzo de la noche. Ellos se ceñían, pasaban de una forma a otra por tirones. Dionisia tumbada y para levantarse, tumbada más y para levantarse. El pelo le resbaló de la hebilla. Pareció un baile de títeres con brazos articulados dramáticos. Se vio el esfuerzo. Pero ella bonita en su parte derecha, la parte izquierda volcada contra el costado de la cama. La falda se le subió hasta el vientre. Ella quiso enderezarse y bajarla. Siempre desde atrás él llevó su cara sobre el cuello de Dionisia con achuchones. Ella le rogó, Desista niño, la señora puede vernos. Ella casi contorneó con una mano su propio muslo destapado, y cerraba los ojos o los llevaba sobre los propios muslos. La poca luz le prestó pocas manchas claras. Con qué cualquiera racionalidad podría yo pensar en esto. Él se volcó sobre ella intensificado, si ella se alzaba él hacía por tumbarla. Ella abrió una mano sobre su propio muslo destapado terso. No gimió, solamente le rogaba, Desista niño, no tiene que ser esto.

Pasaron unos días, hasta que de brío subí, escalera de servicio, para el cuarto de Dionisia. Por decirle tilinguerías o requisar, o ecléctica. Y con toses. Subí la escalera de mármol blanco y balaustre de hierro, hasta el pasillo en piso marrón, hasta esas paredes grises de los cuartos. Oía los ensayos de un músico. Sería un oboe de voz granulosa. Para el sentido corriente difundido, un cuarto de sirvienta debe ser pobre. Hubo una caja de zinc sostenida por dos palos flacos altos. Como una conjetura de avestruz sintético; dio un aire entristecido al pasillo y el balaustre de hierro. Caminé de un modo que puede llamarse irracional, sin atender la riqueza de pormenores, las vistas de bastones de hierro y paredes sufridas. Después empezaron las exageraciones; nubes lilas de brazos larguísimos, una altura de azotea, unas bruscas fachadas o proas tajantes, cables y carteles de colores que desconcertaban. Hacia un fondo, el perro negro y ella aparecida en bata corta suelta, de tono crudo; descalza junto a una parte de pared. Su mano revolvía el pelaje del perro Tulip. Ella tuvo; qué manera de ojos para ver, o, qué manera de ojos y pestañas para hundirse en sí. Ni una averiguación, ni el rápido análisis de cosas y divergencias explicaría mucho. Sin modelo anterior. Sólo porque a ella la vi descalza, hundida en sí, enderezada contra la parte de pared, me llegó la idea: Dionisia absoluta. Ella siguió en revolver el pelaje del perro, a pasos de mí. Yo quieta, igual que enzarzada. Ya sin ánimo de arrinconarla. En ese estado de escena. Vagante, pensé sobre unos versos del poeta que vive en NY, en la minúscula Patchin Place, el que escribe su propio nombre con minúsculas así, e. e. cummings: all ignorance toboggans into know/ and trudges up to ignorance again...[12]

---

[12] toda ignorancia se desliza por tobogán hasta el saber/ y trepa con trabajo de nuevo hacia la ignorancia...

Sentí el olor tonificante de los pupitres. Y puesto arriba, en el altar mayor, vi a Jesús el hebreo; de ojos no entornados, más bien que dicen cosas, silban finamente. Y a su corazón como de guijarro, que alguna vez inventó mi devoción y fanatismo estimulada por los padres jesuitas; pero que ahora más bien es de un Jesús que sabe mucho, con aristas especiales para yo angloporteña. Había llegado a la iglesia con mi criada, y estuvimos de rodillas dejando ir el rato en mudez. Cada una con nuestra hambre de pedidos. Oh Señor, desencadena cosas buenas, soy una mujer joven, confirma mis comentarios. Y el Señor desencadenaba cosas diferentes. Entonces me apreté las sienes con los dedos y me vino una distracción irreverente, porque entre los rezos pensé en tomar una copa de oporto junto a mi marido. Pero de la idea del color del oporto me vinieron liviandades sobre el color de mi piel, miel clara la de mi brazo izquierdo y para comparación, miel oscura la del brazo derecho de Dionisia. Oh Señor de los desencadenamientos buenos, he de cantar ahora esta estrofa: Por la miel de mi criada va la concupiscencia del niño sobrino y del señor marido. Ellos cosa cierta, son iguales a pumas que mueven elegantes las coyunturas, que se estiran y deslizan con trucos y mucha sin piedad. Y desde luego, a veces tengo como de ironía el que mi hombre autosuficiente me diga, Bonita británica. Por algún ardid. Porque los hombres hacen un estropajo de nosotras. Por favor otro rezo, que ya hemos de irnos. Con sintonía pusimos las manos sobre los regazos antes de alzarnos, las nucas bajas, las bocas líneas, los ojos muy entornados. Yo afiebrados los dos pechos. He mirado los sesgos del cuerpo de ella, del vestido de algodón aromático, del tono a la aguada en los pliegues de su falda. Así todos los ángeles probables se diluían. Un golpe resonó, hubo un eco, intimidó el eco yendo hacia lo alto y doblándose en los pisos, cambiaron los sonidos de grave. Por mi sensualismo temía decir palabra. Salimos derechamente y el piso era largo de placas. Ella atrás. Mi elasticidad gimnástica y ella atrás.

No quiero una meditación. Vestida oscura, con una chalina puesta locamente sobre la cabeza. Pendientes de coralina. Oscilante. En la habitación alta abrazo penumbra. El espíritu del arte se corre hacia la escritura, antes debo guardarlo con marcos de hierro. Dibujé a una niña de desánimo, sobre una hoja pergamino; la princesa del país de la porcelana. Dibujé una falda esqueleto para poner la crinolina sin sombrear. Hice diseños en el estilo de William Morris para una casa roja. Fue llevar un ascetismo en aspiraciones socialistas. Y dibujé unas casas del barrio San Cristóbal, hacia el Riachuelo. Y cuando viajé a Rosario dibujé el Sunderland Bar, con un farol sobre cada una de las dos puertas. He pensado copiar la colección prodigiosa de fieras Grandhall, en maderas de colores; jirafa, cabra, camello, elefante... y el hombrecito con la bandera de USA. Que es una colección de Nina. Y copié a un vendedor de plumeros callejero. Aún no hice la figura de alguna criada. Este arranque, de dibujo y escribo, me viene por ráfagas. A veces son apenas líneas. Y no quiero una meditación fija. Pina sabe que también escribo, que lo hago sumergida. Sin idea de método. No sé para quién escribo.

No sé por qué la minucia. Las señoras mayores me han regalado lapiceras. La señora de Aguilar, una pluma estilográfica japonesa de relleno por cuentagotas. Y Dulce Asunción, una Parker Duofold Senior de cinco pulgadas, de relleno por botón. Pero suelo sacarle a mi marido la Waterman's ideal fountain pen. Escribo con las lapiceras y con la máquina Erika. Encogida recelo de este gusto de escribir pulido. Tal vez escribir es una ocupación más bien ordinaria. Trabajo por escenas, y en mis folletines hago por torcerme para mirarme. En los interiores femeninos. En las vanidades. O en mi frío de ballet mécanique. A veces corto alguna parte con una tijera. No he tratado de que alguien me leyera. Las críticas de los relatos podrían ser mejores que los relatos mismos. Ellas tendrían su hostilidad opaca. Los relatos hacen una parva de certezas, luego otra parva de certezas necias. Y son de unas vistas crudas, y de algún humor como un humo que va por los resquicios.

Estuve enojándome con Fiona. Aunque me dije, No tengo que perder el tono, ni rota de furias, ni hecha un basilisco. Porque la vi de falda floja. Y parecía guarecerse de una adversidad. Hubo una verja y estaba ahí, como jugando a mujer de vida airada. Como copiando a una señorita Ruth Taylor en la cinta *Gentlemen prefer blondes*. O en todo caso, copiaba a una dramática señorita Edna Purviance en Easy street. Su mirada inconstante arrancó pocos lugares de la calle. Desearía arrancar partes de un hombre: el mío. Lo demás le pasaría delante en borrones. Lo demás no le sería adecuado. Pero mi marido es ahora inescrutable. Un indiferente, entre otros señores indiferentes. Uno que simula no estar dispuesto a nada con las mujeres. También a mí él se me escapa. Él ha oscurecido la manera de conversar. Aunque las cosas no son evidentes; por el lado bueno quizá ciertos hechos extraviaron mi sentido. No sé de qué idea me viene sospechar de ella y de él. Además, mi marido predominantemente abrevia todo, y puede ser que vea a Fiona como a una sin silueta, como a una simple gorda. O a una apenas salvada del saqueo de los hombres. Con su arquearse de la espalda. Y sus enfermedades de señoras. Y de la parte de los muslos que le conozco, blanduzca. Pero cuando nos encontramos ayer, estuvo turbulenta sobre la vereda, a veces el traste no sutil contra una puerta. El vestido de una hechura nefanda. No le faltó el zorro muerto en el cuello. Cuando chocamos los ojos, cada una habrá visto en la otra líneas de duda. Pero igualmente seguí derivando, Aunque se ponga los polvos Trini, no tendrá el cutis irresistible, ni olor a jardín. No está para representar la mujer del afiche, Paris nightclub entertainment. Ni habrá de respirar cercana a mi marido, o juntarse untuosamente. Así nomás le conté de este enojo a Pina. Y ella enlazó las manos por detrás de la cabeza. A ratos me miró con atención, a ratos sonrió. Y dijo suave y aburridamente, De puta a puta vos sos más linda, mejor actriz para *Kameliendame*.

A mi marido le gustan los amores en lugares desacostumbrados. En la calle Tucumán, hacia la esquina con Florida, está la sastrería que tiene para anunciadores unos carteles de color amarillo azufre, de letras marcadas y hombres dibujados recios. Eso miré desde el balcón de mi atelier, en el tercer piso, un sábado de humedad y aire fuerte punzante. Estuve ahí, de pie entre las tinajas de unos helechos atroces. El alma perdida en desgano, hasta que, mi vestido de Maggy Rouff para la tarde se arrugó. Me tocaba; él me tocó atrás por las nalgas. Quiso un amor rápido. Igualmente lo aclamé, Oh las cosas amorosas que hacés sportsman. Toqueteó. Terrific, se erguía. Quiso ver si su mujer era una serpiente de cascabel o una pasionaria. Puesta bajo influencia, hice las caras vistosas y el firulete de serpiente. Para el rito semanal. Porque una esposa argentina debe estar orgullosa de ser la codicia de su esposo. Pero salimos del balcón, fuimos a la sala de cuadros; allí nos escudriñamos equis veces, divertidos nos atacamos y besamos. Los olores estaban inflamados. Aunque pasó algo no esperado. Hubo unas asonancias. Escuché ruidos íntegros opacos y un arrastre de silla. Desconcertada imaginé a Dionisia. Entre las apretaduras miré una estampa; la estampa, *Draisiana bicicleta amarilla construida en 1818*. La luz resbalaba en el piso. Aturdida metí a Dionisia en la Draisiana, me gustó inventada ahí, el cuerpo de gajos amarillos, las piernas rojas largas. Y arriba la boca trompa y rouge, echando risa. La estampa se desprendía de la pared. Yo cerré los ojos, abiertos vi irse la estampa, cerré otra vez los ojos, abiertos se hizo cóncava. Ya no estuve en plena forma. Semiautomática. Él me provocaba con palabras duras. Parecía ejecutar en el estilo washboard; una tabla de lavar entre las piernas como si fuera de una compañía ambulante de jazz. Muy profesional, no emotivo, pito grueso. Me impulsó a un mareo de movimientos, a brincos. La luz rebotaba en el piso.

Qué haría una: después que mi sobrino agazapado, puesto desde afuera contra la puerta del cuarto de la ducha, espiara a Dionisia a través de rendijas. Porque lo hallé en la posición de lagarto. De cachafaz.[13] Pero enseguida se deslizó y escapó. El cuarto de la ducha de las sirvientas apenas hace lugar a una sola persona. En la puerta, la parte baja es una tabla vertical; lo de arriba es celosía de tablas fijas. Dionisia se baña todas las mañanas. Una vez, en un día mal avenido, bruscamente me eché igual que mi sobrino. Igual que un lagarto. Me propuse, no tuve otra sola idea, que espiar. Y he mirado en un ritmo, o una demencia. Para eso me he arrinconado más, apretadamente, a la puerta. Las rendijas tuvieron rebotes de luz. Las manos y las rodillas fueron el preludio de su figura. Pero enseguida, por el amor de Dios, el absoluto despojamiento de ella me abrumó. Primero la vi, más bien como a una escultura primitiva de madera y metales delgados, como de placas de madera, cuerpo y líneas estañadas de agua. El agua gol-

---

[13] Cachafaz: del lunfardo, desfachatado.

peó sus partes; golpeó de estaño el cabello que se pegaba por la cara, golpeó las mejillas, las clavículas, los hombros lustrosos, los pechos de pezones negros, el vientre de pubis de hilos negros, lo alto de los muslos lustrosos. Quedaba espuma de jabón en sus brazos.

Para solamente compararla al estilo de mujeres de pinturas académicas. O para una memoria de la puerta azul cobalto y el cuerpo igual que almagre arcilloso, atravesado por las tablas de celosía y los toques de luz. Une fête. Medía los modos de Dionisia. El modo bailarina encristalada. No cantó. Ensimismada movía las manos, los dedos. Torcía las piernas largas, giraba y el agua la enroscaba. Medí los zumbidos, los ecos flip flap de los pies, el escurrimiento de agua, el humo de agua, las salpicaduras en puntas, los rincones cenagosos. Después, me deslicé, me fui, calculando; pasé una mano sobre mis ojos muriéndome de una enfermedad nueva. Después, en la máquina de escribir tecleé unos argumentos apurados. Por la noche, acostada oscura, puse la cabeza en el hueco de un codo.

Anoté: que el cuarto de ducha para las sirvientas tiene en la puerta un cierre por gancho, en S. Que mi espiar a una ascética, mientras se bañaba con ráfagas de agua fría, fue una cosa excitada. Que se oía el golpeteo de agua como un golpeteo de vidrios. Y sentí el olor de la madera mojada. Y ruidos del gancho S. Que si ella me hubiera descubierto, mi desdicha no hubiera tenido arreglo. También, indulgente puedo decirme que fue una anécdota pequeña. Pero luego de la espiada, cuál será mi nombre: ¿Ridícula malvada de ojos? Me dolió la cabeza. Tomé un Veramon, como si tuviera las molestias del período. Con ideas estuve en mi cuarto escritorio. Con sólo una camisa puesta, y apoyaba los codos sobre las rodillas, sentada frente a mi fall-front writing cabinet de roble americano, austero. Mirando lejos. Y luego, melodramática, revolví unos sellos amontonados, unos emitidos para conmemorar el raid Palos Buenos Aires, y los sellos penique de los reyes Edward y George y los sellos de la Cruz Roja estampados por la guerra del 14. Quise forzadamente no hacer otra cosa que abalanzarme sobre figuras. No explicaciones. Quise nada más que disolverme en figuras. Como en una discusión interminable y de la misma especie. También, por un ropero revolví blusas y faldas cromáticas. Ensañada y con el ruido de mis pulseras y sollozos. Busqué motivos o estar mezclada a unas apariciones curiosas, quizá más bien desvergonzadas: la *Danzarina* de Arp de cabeza celeste, la *Ankara Dancer* de bronce filoso y marfil, la pequeña *Inocencia* de Chiparus. La fotografía espectro de Anita Berber en una danza desnudista. O la imagen de una Josephine Baker cubierta con nada más que una guirnalda de bananas en Chocolate Kiddies. Porque pensé hasta tarde en todas las facciones que me podían llegar. Para salir del envenenamiento, de la notación de esos momentos de antes. Porque me ha vuelto la imagen Dionisia. Irrompible. Muy clara. Muy muchacha vivaz azotada por una lluvia, rectificada por las interrupciones de tablas de celosía, y se me dibuja como de un bañador puesto, a rayas netas, descocado, de Jean Patou.

Cuando llegó el jueves de visitas, sin piedad miré la casa. Pensé, Actuaré de mundana, de monigote, de empequeñecida. Ciertamente haré a gatas cualquier papel. Las plantas, alfombras y puntillas podrán estar mustias. Una nube sobre el patio tendrá la forma horizontal de pájaro de Feininger. Dionisia andará en lo suyo, atareada, en ropa de mucama. La llegada de Emilse, con su melena oscura, me animó, y hasta me conmovía por la manera de pintarse y alhajarse para una follie espagnole. Miraba fresca, y escrutadora, con la cabeza inclinada, una mano en la mejilla y los dedos abiertos. Miraba como yo misma me arrancaba las horquillas y me cepillaba el pelo mal. Preguntó, ¿Qué vas a hacer con tu cepillo malo y con la peineta de carey? ¿Qué vas a hacer con las ausencias imperfectas de tu marido? Lo que quizá asombre a tantos, Emilse, callarme y suponer, o cantar en una manera Mercedes Simone. Y pintarme los labios con el rouge Tangee y acariciarme el satén de las caderas y tender los ojos, atractivos y mentirosos. Como debe ser cuando él venga. O para cinismo cuando venga otro. Cuando él entre de pavo real, en el jardín de una artista de alguna cosa. La sazón para todo. Hablé áspera. ¿Y tu tío Pagano, por qué lo nombrás por el apellido? Él viene con mayor frecuencia. Es como el escritor Jota Pe Echagüe, bello y fuerte. Y fotogénico. Con sus bigotes de tigre. Se me cruza, me inquieta, pero conmigo nada. No, de veras. Si persiguiera a Dionisia, haría una imitación alegre del reclame de Crush: el pícaro caballero y la dócil mucama. Pero ella estaría poco blanda, más bien acartonada. Entonces empecé a decir de Dionisia, a figurarla de muñeca dama, de cera pura vertida, de brazos y piernas rígidos, bien para la exposición en París de Madame Lazarski. Bien de color de cera; la boca entreabierta, tal vez con letargos. Así podría repetirla en un dibujo cuidado, sería una adolescente azucarada y cubista y futurista. Llena de anhelos. Prolijamente una epifanía. Acaso sentada en una playa de arena harinosa. El agua verde tocada de vetas de espuma... No sueñes María Iluminada, salí de las sinrazones; no te persuadas; las sirvientas son abstractas. Y tosé menos. Toso poco, Emilse, y es de nervios o ansias. Toso seco. Hoy tuve un ataque de vacío. Chupé sin detenerme caramelos, bastones de caramelo. Pero no ha quedado tiempo para nuestra conversación. Ya venían las visitas.

Nos reunimos las amigas eternas en la sala, entre ramos de suaves rosas de té y rosas encarnadas. Charlamos aturdidamente. Desapercibida, me perdía por las historias. Se habló como siempre, de niños, las almitas, de sirvientas equívocas. De hombres; de quienes no tienen un entender útil de las cosas. Aunque serían interesantes los socialistas dirigidos por el doctor De Tomaso. Se habló sobre las cualidades de las mujeres argentinas, consagradas a los hijos, no como las duras insensibles inglesas. Aunque la princesa María Luisa de Schleswig-Holstein, hija de la princesa Elena de Gran Bretaña, había consolado a la gente que esconde la pobreza vergonzante. Mi cuñada Felicitas, ñoña, mientras se miraba los dedos, simplemente contó sobre una diversión con su marido, y que él después le había regalado un nécessaire de malaquita africana. Emilse dijo que había ido a ver unas partidas de cribbage, que en realidad entró subrepticiamente donde no entran las mujeres, que los jugadores eran calvos como los apóstoles de Caravaggio. También, tocadora de guitarra, cantó algo irlandés provocativo: Y las doncellas libres que hacen sus ovillos sobre un hueso... Todo se volvía pastiche, piezas en fuga, y me sentí atrapada entre pronunciaciones impacientes o risas. Cuando me sobrevenía pensar en Dionisia. Dionisia con su delantal blanco almidonado en el cuarto de costura y plancha. De olor constante a cuerpo y almidón. Sin saber si era cordura pensar en ella, tanto como en el trébol suerte y en trenzas de azúcar y manzanas dulces. O en el chintz que me gusta. O en el fondo verde y las vasijas de colores cálidos de mi estudio. Estuve huraña, retraída, igual que oculta por mi propia blusa, que hasta figuraría como hecha de partes de acero y bronce. Y aun, a veces me tapaba con un poncho de seda y lana acerado. Pero las amigas irrumpían, me preguntaban, Y vos... Entonces he debido parecerme a la estupefacta joven metálica in this stunning poster for Fritz Lang's *Metropolis*.[14]

---

[14] Ese sorprendente afiche para *Metrópolis* de Fritz Lang.

Invierno del 30

Una vez me sentí mal, desmoronada. Tuve fiebre. El día duró un siglo. Por la tarde la señora de Aguilar anduvo entre los canteros del patio ocupándose de las plantas. Se había puesto un abrigo sobre los hombros. Dionisia la acompañó con las herramientas de jardín. Las entreoía. Después mi criada trajo el servicio de té, y estuvimos juntas, las tres en la sala chica. La señora de Aguilar me contó que las azaleas habían florecido. ¿Me embaucaba? Le pedí que me hablara de las azaleas, las prímulas y las violetas, de las flores de tiesto, de unos nombres de flores para el invierno, del ataque de los colores en las plantas. Después, si volvía a mi agobio, pensaba que cuando estuviera sana, no iría por las tiendas ni las sombrererías, que haría unos esquicios y también unas pinturas con óleos, con gouache, con caseína. Que las pinturas espantarían mis fastidios. Y haría los retratos en bruto, disparatados, de las amigas peculiares. Ellas me darían sus figuras. Una pelirroja sentada, una mujer música, una trapecista de pie sobre una alfombra, una puesta de espaldas, una mostrándose en corsé y aplicaciones de ballena, una mostrándose en faja Mistinguett de satén de gran entalle. Y la pereza de una fumadora, con la idea de usar el humo para diluir las líneas. O mujeres verdes puntiagudas por algún parque, como las damas de Ernst Ludwig Kirchner. Unos retratos desmenuzados por líneas expresionistas o cubistas.

Pero he pensado, que cuando terminaran estos momentos de convaleciente, de sudar, de dormitar, y las toses y el enrojecimiento. O los dolores digestivos. O de persuadirme mal. Que, cuando se atenuaran los ecos de cuarto cerrado, volvería a una intimidad buena y haría un bosquejo del escritorio pequeño Josef Hoffmann, el compañero para mi fiebre y mi escritura. El mimoso, de estirpe, de madera de roble cubierta por un azul naval, que fue pulida y frotada con cal con devoción. Entonces, para mi tiempo de vacíos, no tengo por qué refunfuñar. Y podría decirme y en gerundios: Ahora he de quedar imaginando pintando, sobre los temas del cuarto cerradito. Imaginando, copiando, los tonos, aquí los de la frazada y los flecos y la funda para la tetera, y los de cuatro claveles en un vaso. Vistiendo contenta, un vestido simple de Maggy Rouff. Acurrucándome, arropándome, entre las lanas y frazadas. Viendo, la funda primorosa para la tetera y un humo azul naval.

Este invierno el hollín fue sobreabundante, volvió gris negro cada patio. Es de un olor gracioso. Unta los dedos. Ennegrece poco a poco los dobleces de la ropa. También ayuda a un amarillear. Entró debajo de los vestidos, llegó hacia la entrepierna, hizo amarillas las abotonaduras, acarició los breteles, manchó los corpiños y los límites en las enaguas. Endulzaba nuestras piernas. Las mujeres parecidas a niñas tiraron agua de baldes. Baldearon los pisos de los patios, lavaron incesantemente. Pero no se acababa un enturbiar del agua. Sólo fue limpia el agua de los grifos. Gryphons ingleses. Ellas reían por algunas rápidas fascinaciones, se miraban, se rozaban, codeándose, o tiznadas o limpias a ratos, les daba igual. Y en gritos. Andaban torcidamente, descuajaringadas. Se contarían las cosas comunes y vaticinios. Oían música del gramófono América por su gran bocina esmaltada a fuego. Oían el tango Griseta y el tango La Mina del Ford.[15] Y Puente Alsina cantado por Rosita Quiroga.

---

[15] Del lunfardo: griseta, muchacha humilde amiga de galanteos; mina, mujer en general, a veces, la querida.

Durante la noche, para presumir, un negro de hollín podía ser una manera de la elegancia. El tono firme de mi vestido, de tafetán y falda terminada en puntas desiguales, más un tul de ilusión para prestarle las líneas umbrosas vaporosas. O de un traje de satén ciré. Pero otra vez llevé un fourreau bien noir, y el collar de perlas muy largo. Además un cabujón sobre el pecho en forma de polilla. Y el cabello incendiado y unas plumas índigo. Cuando iba a un diner dansant miraba hacia un lado y otro livianamente, y abstraída, y ficticia, y unas prisas, muy humor Art Déco. Entre las vidrieras curvas o en las escalinatas. En un sí soy no soy sentimental. Y entraba a los vestidores para toques discretos, para más ficticia. Para empolvarme y filetear bordes, y poner lilas fugaces por los párpados y los labios, o un carmín alizarina.

El domingo el cielo cayó gris sobre la calle Viamonte. La hizo quieta, larga, de unos contornos agrisados. Desde el balcón de forjado de hierro miré, sola. Pasaban a veces los tranvías amarillos. Caminó un soldado con pasos que se escuchaban marcadamente. Llevaba el uniforme militar muy abotonado. El correaje ocre oscuro le hundía la cintura y el pecho. Era un joven de altura elevada y cara huesosa. Quizá había trazado cierta curva desde nuestra vereda hacia la opuesta. Entonces oí la carrera de mi muchacha. Pronto Dionisia se asomó por el balcón. Tuvo puesta una peineta que lucía como de asta y como de oro. Tuvo las mejillas arrebatadas y parpadeaba. Se asomó el rato corto. Parecía gustosa porque el soldado miraba hacia nuestro balcón. Fue el instante de un relámpago. No estuve del lado seguro de mis intuiciones. Aunque poco embozado fue el deseo de la muchacha de observarlo; como si hubiese estado ya con él y enseguida quisiera verlo un poco más, ver nítida su apostura. He caído en eso deduciendo, y tal vez cierto. Más tarde ella anduvo por los patios y siguió gustosa; movía los hombros para un lado y para otro, tenuemente, no con la exageración de una coqueta. No habría malicia en esa muy leve inquietud de hombros, pero sí deleite. Sí diversión, o un berretín.[16] A veces giraba sobre un talón y daba vueltas de baile, como si hubiera música de flauta. En algún momento caminé al lado de ella hablando. Trecho y trecho. Pero no le dije del soldado, nada del soldado. Reservada. Hablé de las cosas suaves; del encanto de Nina; del carácter bailarín de mi niña. Y de la belleza de sus muñecas. Unas con vestidos de volantes, vestidos rosa intenso. Unas de cabezas en biscuit, y las de tela o de trapo. Unas que tienen ojos cristal verdes, otras de ojos estarcidos. Unas como de Sheherezade, y las de bocazas y caras cómicas.

---

[16] Del lunfardo: berretín, capricho.

Improvisaciones para un encuentro de Dionisia con un soldado en la galería de una casa quinta. En la galería pongo una silla sola recta. A ella la imagino sentada sobre un suelo de mosaicos. Y permanecerá con la espalda flaca apoyada a una pared de cal. Las piernas abiertas largas. Sobre la cabeza tendrá estopa de cáñamo. Un espíritu entrará en su cuello. Ha de mover para un lado y otro la cabeza. Porque nada sabe de cierto. La cubre un vestido de blanco de tiza, en hebras separadas que dejan ver algo de su piel opaca. Levanta los dos hombros. No usual, aparecerá un hombre de pie frente a ella. Es un soldado intruso llamado Fablito. Él está de pie, partido, por una sombra de una viga que le cruza el cuerpo. Se miran con ojos demorados. Ella como deseosa, ensancha la nariz. Cerca hay plantas de penachos grandes. Entonces la vista de Dionisia vibra; porque mira unos aleteos en su vestido. Lejos hay maizales. Cerca, las chacras aradas. Unas sombras de nubes deforman unas parvas. Unas casas parecen hundidas, con hilos de humo en los techos. Empieza el ocaso romántico y las nubes de pigmentos y motas aumentan. Caminan lentas, muelles, unas mujeres. Regresan a sus casas. Para el mundo abrumado y beatífico la diversidad no sorprende. Las personas se cansan y sudan y anhelan. Ella habla, él no tiene idea de lo que ella habla, acaso porque le mira nada más que los labios como de vino. Después avanza un silencio, se despliega aún el ocaso romántico. Él está entre sombras en forma de crestas. Dionisia tiene el modo perdido de la *Ofelia* pintada por John Everett Millais: como dicen que están las mujeres que toman beleño. Pero en un buen debut, por un abracadabra se levanta, extiende los brazos y alisa la parte de vestido sobre las caderas. Se tumba la silla de la galería. Se arremolina un polvo leve, y hay el estruendo lejano de un tren de viajeros. De suerte que eso pudo ocurrir.

Supe que Dionisia lo veía los sábados por la tarde, que se encontraba con su soldado en Plaza Italia. Que allí se reunían las sirvientas y los soldados en el día libre, debajo de la estatua de Garibaldi a caballo. Que eran reuniones sencillas, conversaciones. Me lo contó en la cocina, a media mañana, todavía con algo de harina en los brazos. No habló mucho, solamente lo simple. Pero tenía los pómulos arrebolados y cada tanto se los apretaba con ambas manos. Me dijo, Señora, él es tan de lindo y de bueno y lleno de juicio, y no quiero descontentarlo, ni replicarle. Ni atrancarme. Ni hacerle desamores. Él es de mucho tino, y sé Fablito lo que desea. Entonces contaba que si ella hacía pucheros[17] él la consolaba.

Pero yo inventaba otras cosas. Arremetí con escenas de una plaza alborotada, con mujeres en risas maniáticas; unas arrabaleras. Así mezclé aquello malo y vulgar con lo sentimental. Y puse a Dionisia por esos lugares feos. Confundida en unos andurriales. Entre hombres mal trajeados y

---

[17] Hacer pucheros: argentinismo, aquí con el sentido de hacer gestos para empezar a llorar.

compadritos. Desfachatados. Y entre las muchachas de miradas vidriosas, de pelo desarreglado, desvalidas. Gente de una feria callejera, o de los peringundines;[18] que habla de daños, gente torcida, engañosa, que fuma tabacos ordinarios. Y en invento dibujaba a una Dionisia exagerada, llevando un vestido que le colgaba, como de hojalatas, y las piernas lánguidas color de bronce. Y tiesa en forma de huso junto a una pared de ladrillos. Además, la dibujaba bajo el cielo de una tarde mala, en esa plaza; cielo de ovillos plateados, simulando el aire que se hiela. Como alguna gouache sobre cartón. Pero no era cosa de arriesgar ideas para un cuadro grotesco, en el estilo propio de los de Otto Dix. No sería un apaciguamiento para mis irritaciones. Entonces he vuelto a mirar a una Dionisia, restaurada, verdadera, en su mundo cotidiano. Pero la distinta, la mestiza linda, de madre india wichi; venida del confín de la República. Ahora con su blusa de un cuello blanco ingenuo, con su delantal bien almidonado, yendo por los patios de la casa, a veces a saltos ligeros y cantando melodías suaves. Ella más dulce y recóndita. Y aumentó el frío en estos días. Entonces le regalé un suéter deportivo, una gorra y una bufanda; algo de lo que me quedó de la colección de James Redfem.

---

[18] Peringundines: del lunfardo, boliche para comida o bebida, de baja categoría.

A mi marido se le afiló la nariz y tuvo los ojos demasiado fijos, en puntos que no se podrían ubicar. En estos días anduvo pintado de sombras más que nadie. Demorado entre ideas. Pasó por las habitaciones tocando a cada momento las cosas, con dedos clavos. Desde que el abuelo francés gascón enfermó de modo tan mortal, hubo para toda la casa una contracción de la realidad. Fue la desdicha indefinida y delicada. Si mi marido tentaba acercarse, pero sin casi hablarme, sin tocarme, o diciendo algo sólo de forma escueta, imaginaba que le agradecía porque aun apagado me asociara a su pena. También parecía su rostro como nunca un rostro francés. Y le brotó la cara del padre debajo de su cara. Un teñido, unas líneas oscuras continuas, la prominencia de cartílagos, unas mejillas hialinas. Quise ir al entierro del abuelo. Me acompañó Angelika y éramos las únicas mujeres entre hombres. Caía una llovizna. Habían cavado en el suelo húmedo. La tierra lo tomaba a su cargo; lo acogió... Los hombres se quitaron el sombrero. La mayor parte del tiempo estuvieron en silencio. Algunos eran los amigos golfistas. Mi marido de traje negro. Cuando hizo la Señal de la Cruz resaltó el puño blanco de su camisa, y se notaron los nácares de los gemelos; porque llevaba puestos los gemelos del papá. Tuve delante de mí la vista del suelo mojado, de los pantalones rígidos de los hombres y de los zapatos embetunados que empezaban a deslucirse. Fueron unas cercanías raras. Volvimos en el automóvil de tío Pagano, un Lancia verde oscuro de ocho cilindros. Cuando llegamos a casa lo húmedo se hizo seco. Encontré sequedad y aspereza en los muebles y lámparas. Y un tono sepia o uno gris dominante. Lo polvoriento se sintió en la boca. Parecieron crujir los muebles por el atardecer. Una lista de personas vino; las he visto como de caras coloreadas en naranja y pelos rojos. Como dibujadas con lápiz litográfico y escarificadas, impresas en rojo vulgar. Y hablaban de anécdotas amistosas y de la fama simpática del abuelo.

Isolina me dijo al oído, Salimos con personas interesantes. La noche de Buenos Aires se abrió fresca y de un viento casi agudo. Nuestro grupo tomó por la calle Callao en dirección a Corrientes. La falda, ma jupe froufrou, me iba estrecha. Rezagante, caminando a pasos cortos, me era difícil seguir la marcha de los hombres. Pero ella, andaba con el pelo moreno flotante, y estaba desenvuelta y cómoda en su falda drapeada.

Llegamos a un restaurante, que no era un fondín, aunque parecía una cueva gótica de espejos ahumados y paredes abrillantadas. Para comida, incertezas; apenas mejor que anguilas hervidas o caldo de culebra. Y colores fuertes, amarillo de grano de Persia, azafrán de la India y naranjas azoicos. Isolina tuvo su simulación y sus modos arteros o aduladores, pero, además, me observaba a cada momento; no sé si por buscar alguna aprobación o porque temiera mi modo crítico. Cuando entre necedades hablé algo, me encontré abruptamente con la frase de ella: Qué tono porteño tú tienes. Esa frase me resultó equívoca; echada en su estilo de provincia del norte. Pero de mal arriada. Mientras yo, sensitiva y frívola, miraba su cuello, o le miraba su colgante de Philippe Wolfers.

Después llegó el postre, para mis ojos aumentados, compota de frutas deshilachadas. Allí ya se habían bifurcado los temas. Los hombres hablaron de la pérdida de una hélice del buque *Cap Arcona* y de cómo osciló por un oleaje fuerte. También, con falta de claridad, se fueron dispersando sobre los cracs financieros y sobre lo que se cernía. Las mujeres, para otro folletín, comentamos acerca de la lista de pasajeros de cámara en el transatlántico *Duilio*. Y acerca de la bulevardiera Mademoiselle Spinelly, que debutaría en el Teatro Maipo con la comedia *Kiki*. Y nos reímos por lo cómico del cabello de Mary Brian, la heroína de *Estrellas de Occidente*. Fueron conversaciones como en estado ingenuo, o en estado desordenado, encantadoras y aviesas. De un hablar a empellones. En este punto yo quizá temblaba, dejé el café, no quería golpear el pocillo con los dientes. Fumé cigarrillos Celtiques; fumaba con boquilla, y tomé no sabría, Bénédictine, Absinthe o Akvavit. Temía los escándalos, que ocurriera lo no previsto. Algo ominoso habría de suceder. Pero tío Pagano reía. Sin discutir entreveraba los argumentos; los tomaba a la chacota. Cada vez parecía decir con elegancia, No importan en absoluto. Los demás hombres tenían su falta de encanto. Además, él miraba la colección de mujeres, a las picantes y tontas. Me miró tres o cuatro veces, creo que la boca, los labios, y la punta de los pechos; hasta hacerme sonrojar. Diría que me asusté por eso. Pero, ¿qué es lo que en verdad me preocupaba más que nada?

Hubo alguna hora de la tarde en que me venía, me tomaba un entristecer. Y hallaría una distracción en vigilar la limpieza justa de cada lugar, de cada rincón, aun detrás de las puertas, por entre los muebles. Y la limpieza de la vajilla. Y azuzar, como si no fuera mujer frágil. Entonces casi categórica daba mis pareceres; hacía las distribuciones. Cambiaba una extraña cosa allí, una conocida cosa aquí. Y todos estaban acostumbrados; la bonita gente; eran unos dóciles dejando hacer. En la noche cuando se iban a los cuartos y la casa se recogía, ganaba sombras y silencio. Y andaba solitaria por un tiempo corto que me parecía muy corto. Después iba a la cama y abordaba, o dejaba pasar de largo, el amor pseudo sentimental de mi marido. Sucedían los toques ligeros de los codos o de las piernas. Y estaba el detalle de mi camisón rosa Pompadour, muy trabajado. Pero él no percibiría las ráfagas raras que a veces cruzarían mi cara. Y un enmudecer. Y cierta virtud sonámbula. Y un que no se me viera alguna sustancia de irónica. Abreviada, de corazón incomprensible. Cuando echaba a mano mis recursos, a veces, por el aire de la noche, yo feliz de ver como hermosamente le enderezaba la cosa. Yo siendo tizón. De encantadoras ojeras. Y gracias y amén. Pero sabía que lo que le molestaba hondo era no poder alcanzar algún asombro puntual de mi lado; porque lo demás, el modo de mi enojo y soledad no lo notaba. Pero sí llegaría a atisbar la oscuridad llana de mi cara, una falta de esplendor. Y sucede que me dejo estar en lo insípido, en el pequeño placer, en la niebla suspendida. Elijo la parte mínima. Y también yo misma no sobrepaso mi propio pensamiento. Cuando, arrebatadamente, ansío nada más que un andar vertiginoso de los meses, que la llegada del verano en una premura; para ir a la quinta, para lo casi salvaje de manejar el Ford negro descapotable. Sola entonces. En el asiento del Ford negro, con la falda arremolinada y destapados los muslos, conducir por esos caminos de la provincia, por unos barros, por unas huellas marrones en zigzagues.

La discusión de ayer con mi marido fue un género de su arte. Una mezcla de páginas viejas impresas. También una edición extra, cáustica. No alcé la voz, ni alargué los argumentos. Algo la subió él pero no en grotesco. Hubiera preferido la exageración, las palabras maestras, casi las burlas, igual que otras veces. Caí después en estado protoplasma. Echada a modos puramente racionales. Descorazonada. Pero nada tanto para estarme en llorar como hacen todas. Si lloro soy fea. Y de mañana desperté a la sequedad, no me puse las ligas delante de él, no como descuidada levanté la falda por desparpajo. No jugué al vaivén de la falda. Nada se entibiaba. Antes de anochecer caminó pedante. Primero le miré sólo los pantalones rectos, enseguida menos, los zapatos betunes, para dibujar hacia adonde iba su sombra. Y alertarme. Y eludirlo. Retirada de la escena. Aunque él, comely in thousand shapes appears, shadily.[19] Su cinismo o fisonomía es un espiar constante. Pero después empecé a ver, que si él hablaba

---

[19] agradable en mil formas aparece, sospechosamente.

miraba hacia su pecho. Am I a fanatic or bashful, hither and thither?[20] Qué son estas historias... Para rabias y burlas pensé, de los castigos en el colegio de internado, con la palmeta, o algo de la vergüenza de las niñas por las penitencias desconsideradas. Y nos reíamos nerviosamente si nos pensábamos con el trasero bien al aire y las flagelaciones. Y me acordé, cómo the schoolgirls leíamos a escondidas el libro, *Venus in the Cloister or the Nun in her Smock*, editado por ese Edmund Curll que fue puesto en la picota. Y también unos cuentos realistas sobre vicios y descuidos de los caballeros londinenses. La teatralidad o constancia de nuestro enojo fue: los dos caminamos en desconcierto e hicimos una cantidad de círculos por el dormitorio de color apastelado. Después preponderante él, de ojos líquidos, se mantuvo a mi derecha. De contraluz. Y ardí. Levanté la falda índigo mucho, hasta la raíz de los muslos; desprendía una liga, la media se arrugaba. Bajándome la media con varios gestos de las manos. En mis manos pegadas a la pierna sentía la tersura de la pierna. Debajo de las joyas rojas me subió un dolor para el cuello. Y un jadeo. Me salpiqué de lágrimas. Él es un hombre de éstos de la década, dogmático pero desarreglado.

---

[20] ¿Soy una fanática o una vergonzosa, acá y hacia allá?

Me dio aprensión la severidad de mi marido. Aunque, suelta de cintura le dije, No me atiborres con preguntas. No me dividas las ideas. No me desmemories. Para lo que me acusás tuviste respuestas. Argumenté, Dos tormentas juegan o farrean, la nuestra y la que se ve por la ventana. También, realmente, como hablaba esa Lasker-Schüler, unos poemas ocurren en mí; igual que si me cayeran nueces en la falda. Son poemas dibujos. ¿Por qué atacás y desacreditás mis pinturas de mujeres o de plantas? Me hacés perder orgullo. Esa tarde hubo sudestada, un vendaval y lluvia cegadora. Volaban hojas, pirueteaban. Se hinchaban los toldos, él cuadraba los hombros. Yo seguía. Pero a veces los dos mirábamos el paisaje de viento y de árboles que se hacinaban. Era un tiempo sí frío. Seguí. Me das frío cuando estás entre los conspiradores. Desde el mes de julio vas con esos elencos de oficiales, hablando para derrocar al Presidente de la República. Preparando los manifiestos y panegíricos. Mientras tanto me achacás las idas al atelier. Y enojado por cualquier pequeñez: por el chic infantil de Nina, por sus zapatitos de merveilleuse, porque su adorable vestido marinero es corto, porque yo misma me hago subir el dobladillo a la altura de la rodilla, porque me trepo con las chicas al techo de tu automóvil para ver el desfile militar. ¿Entonces debo amoldarme? ¿Acaso soy capaz de convertirme en otra persona, o apenas en una mancha? Soy la de siempre, la asustada. Tendría la edad de Nina, cuando si saltaba y caía y me despellejaba las rodillas, mi padre me daba una cachetada en la oreja y gritaba, ¡Qué hiciste!, con su estruendo nórdico. Pero igual que tu estruendo casi francés. Tus palabras altas son unas borrascas.

Sin embargo él hizo girar la escena. Cuadró los hombros, geométrico, sentado en el sillón de buen tamaño. Con sus tiradores plateados y su pantalón de rayas. Un ensemble. Fue quizá artificioso, o un Cristo de la Paciencia atrincherado. Y en oraciones rápidas, de telegrama, condenadamente comentó de mi lógica difícil, de una lógica demasiado femenina, que no vincula entre sí los asuntos, que no concierta bien, sin lugares exactos; que no habla con oportunidad. Que habla con los resquemores. Fue la suya una teoría acaso no breve. Estuve por gritar; pero recapacité, pero entonces ya no me oiría a mí misma. Y me pareció que yo hablaba por nada de nada. Caminé blanda. Tomé la cigarrera y fosforera de madera; como una astuta que hace su trayecto. Y poco a poco miel. O complaciente y suave. Como una música de Erik Satie. También canturreé, Fumar es un placer genial sensual, y la la la. Dame el humo de tu boca, dame, que mi pasión provoca, y la la la.

Tulip ladró anoche. Dionisia lagrimeó en el cuarto de costura cuando hilvanaba y hacía los dobladillos. Algo acre ha llegado. En la sala grande, entre esos muebles de caoba que lucen como violonchelos, estuvieron los hombres, y tomaron café y contaron: primero, de las cantantes milongueras, de Ada Falcón y de Patrocinio Díaz, de Manolita Poli, del Politeama y de una orquesta de señoritas. Segundo, con cierta crudeza, de hechos bandoleros; que los yrigoyenistas habían robado una locomotora. Tercero, que habría un lance caballeresco entre el legislador Rocha y el legislador Fresco en la quinta Delcasse. Cuarto, que los diarios de París hablaban de posibles motines militares en la Argentina. Además, ellos no se expresaban figuradamente, discutían de los asuntos políticos, de las calamidades especiales, en las versiones más directas y ofuscadas.

Lo que dijeron cayó mal sobre mí. Me fui palpando las paredes. Algo hipnótica entorné unas cortinas. Pero después de todo, para cambiar aquellas frases eléctricas, para fingirme e inventarme, dediqué el rato al espejo con algo de estupor. Porque tenía la mirada más bien húmeda. Y quise verme una embellecida y me teñí las mejillas de borrones. Por hacer una imitación de Georgina Hale, de la partenaire de Chaplin; o por volverme a medias atractiva para mi marido. Lo que me gusta del maquillaje es concentrarme: en nada. Habré de hacer de otro modo el estilo mundano. Me dije. Y explicarme acerca de mi línea lunática; en este año treinta que parece unos amenos años veinte. Una lágrima llegaría a cada punta de mi boca. Pero, trudge up to inconsistency, Lady; you didn't seek a path by rattling or skipping in inconsistency.[21] Aunque dramática, todavía he venido a imaginarme que era la agitadora flaca hablando en un balcón, tomada a una columna, la cabeza hacia atrás, hablando desde el balcón las cosas eclécticas. La sufragista inglesa de una fotografía de *El Hogar*. Ilustración semanal argentina... ilustración semanal argentina... me repetí como de maníaca. En la insistencia de una maníaca mental. Quise apartarme de la idea, El mundo me ha fallado, o, Valgo como una cualquiera. Y me decía unas frases cualesquiera.

---

[21] esfuérzate hacia la inconsistencia, señora; no has buscado un camino matraqueando o brincando en inconsistencia.

Mi marido llegó con las noticias que dan fastidio. Había estado en una convocación del Círculo de fumadores y comentadores; donde se habló del Presidente de la República. Que lo sabían atacado de una bronquitis gripal, que algunos profetizaban su muerte. Entonces no me estuve bien sobre mis piernas y los ruidos del día me lastimaron. Me lastimaban las bocinas de los automóviles. El sol pareció mal deslizado, a rabiar y a rabiar rayó los patios. Aunque igualmente hizo frío. Estuve con Emilse y las muchachas Dionisia y Narcisa, y abracé mucho a Nina. No decíamos palabra, retraídas, con aprensiones escuchábamos de pie en el último patio. Y Tulip, el espíritu perro de la casa, no se movía. Mi marido hizo su relato sentado en el banco de losas rojas, el sombrero Stetson puesto y las piernas cruzadas. Su brazo derecho se prolongaba por el tobillo derecho. Sentado en un tiempo de pose largo. Se veía como en una fotografía; de chambergo fusco, de saco puesto, la corbata, la nariz borrada, los ojos puntos de antracita. Pero el saco de sarga de lana se mezcló a la pared y al banco sin matización. Él narró una larga historia obstinada.

Después ocurrió que pensé en el Presidente, en don Hipólito Yrigoyen. Como si lo viese. El Peludo que entraba a su madriguera de la calle Brasil. Que caminaba con parsimonia de Presidente de la República. Quizá en un ligero balanceo. Los ojos achinados, callado. Alto, la ropa oscura, el sombrero redondo, oscuro. Pero la camisa clara cerrada y sin corbata. Traía a mi recuerdo, que sus chalecos y sacos estaban cortados por Ladislas Sobisek, de Bohemia. Que sus pantalones estaban a cargo de Eugenio Inhouds, de Bélgica. Porque imaginé un olor de ropa. E imaginé hacer un croquis preliminar de su figura con carbonilla sobre cartulina. Para después dibujarlo cuidadosamente en su paso amable. Y hacerlo realista desde la cabeza hasta los pies. He vagado entre ideas sueltas no atinadas y aun con desánimos, y me picaban los nervios. Entonces, Emilse, también de nervios comentó de cualquier algo, por ejemplo, que para la temporada de Armando Discépolo en el Teatro Argentino, daban *Nieve*, de Przybiszewsky.

Otro día se escucharon otras noticias. Sobresalió: Que monseñor Napal había dado una conferencia en el Círculo Militar sobre sovietismo y cristianismo. Que el obispo Chimento había informado sobre una logia que estaba trabajando para derrocar al gobierno. Que sí hubo reuniones conspiradoras de militares y hombres políticos en el diario *Crítica*. Que hubo acuartelamientos en las guarniciones. Que el Presidente decidía conferenciar con los ministros del Interior y de Guerra y con jefes del ejército. Y se ordenaban arrestos, más una vigilancia rigurosa para los accesos de la Capital Federal. Con disparos de Winchester había sido atacado el Círculo de Armas. Allí el doctor Paunero recibió un balazo en una mano. La policía revisó equipajes de viajeros que partían por el Ferrocarril Pacífico. Los destróyeres de la Armada, amarrada en Puerto Nuevo, mantenían los fuegos encendidos. Dionisia y yo estábamos atentas, también atónitas. Ella a veces me aferraba un brazo. Tulip no ladró. El jefe de la conspiración cívico-militar, el general José Félix Uriburu, se había ocultado en una casa de San Isidro. Y corrían rumores de graves amotinamientos. La Liga Patriótica pedía la renuncia del gobierno. Era un fárrago de asuntos, en staccato. También como telarañas o desenfrenos. Emilse me habló por teléfono y me explicaba cosas. Días atrás hubo incidentes en la Sociedad Rural al inaugurarse la exposición ganadera, y el ministro de Agricultura había sido abucheado por mujeres agitadas, con silbidos y pitos. El miércoles se dijo que el ministro de Guerra, caído bajo los influjos de una mujer, había renunciado en la primera hora de la tarde. Su reemplazante, el ministro del Interior, sufría de un abatimiento de la mente, de como si nada quedara para defender. Y fue verdad que el Presidente desde hacía cuatro días estaba enfermo de bronquitis gripal. El jueves decían que parecía invisible, porque era un ausente de la Casa Rosada; que empezaba a no ser más una Casa de Gobierno. Oí, me dijo Emilse por teléfono, eso no es temporario, eso es patético y cunde que es algo más que relatos de espectros y presencias. Y en verdad las cosas no sucedían a medias. En la Plaza de Mayo se había producido un tiroteo denso y la Guardia de Seguridad estaba impidiendo el paso de una columna de manifestantes. Dionisia anduvo todavía más afligida porque su novio formaba parte de esa guardia. Se dijo que hacia la noche iban por la ciudad unos automóviles con civiles armados.

El viernes otra vez vino Emilse. Le mostré lo que había comprado en Casa Argentina Scherrer, un vestido y chaqueta tres cuartos, de mongolienne de pura lana, forrado con espumilla de seda. Que me costó 88 pesos. Ella me contó de los experimentos de Elsa Schiaparelli y de las creaciones de Lucien Lelong en vestidos de noche y vestidos para fumar; de las faldas ligeramente acampanadas en el bajo, de la moda imprimé. Y siguió con el relato de la colección de óleos de Bebita Martínez de Hoz y del cuadro, *El Crack Amsterdam en el haras Ojo de Agua*; pintado por un distinguido animalista. Y después con el relato de una fiesta social de beneficencia, donde habían actuado las Ukelele Girls. Y, ah, que por fin había visto por la Diagonal Norte, la publicidad para la Compañía Ítalo Argentina de Electricidad. También, que los universitarios, buenos mozos de nariz en alto, habían silbado al Klan Radical frente a la Facultad de Medicina. Tanto ella como yo, éramos fatales para disgregarnos. E insertar nuestro humorismo. Y siguió, Qué piernas bellas tiene el primor de tu sirvienta. ¿Es verdad que su novio se llama Fablito y forma en un piquete del Escuadrón de Seguridad?

¡Oh, el divino anhelo! Mezclando algunos movimientos de danza nos pasamos el tiempo haciendo comidas, unos huevos al vino, unas vulgares Madeleines, unos pastelitos con cuadrados de membrillo. Y para la cena pondríamos batatas hundidas en ceniza caliente. Y prepararíamos crema quemada. Buscábamos por los cajones del trinchante las servilletas que vinieran con el mantel de hilo. En un momento las dos metimos los dedos y enseguida las manos en el mismo cajón, y nos reímos. Pero cuando dije, Vaya somos las malentendidas, reímos hasta llorar. Emilse desarticulándose, una monada. Y ponía las servilletas sobre la mesa aunque estuvieran arrugadas. Quise hacer funcionar el aparato automático nuevo, una radio Emerson de cuerpo de baquelita rojo brillante; pero ella me lo impidió. Después de una pausa giró, me tomó de los codos y me los acarició, y dijo contundente, Lo sé, estás corroída porque presagiás qué hará tu marido esta noche. Y eso fue verdad y disgusto. Y nos quedamos mucho del tiempo inquietas; porque él había concertado una reunión revolucionaria con el coronel Descalzo. En el barrio de Flores. Entonces nos sobrecogíamos cada vez que sonaba frenético el timbre del teléfono.

El sábado seis de septiembre hubiera cerrado los ojos y los oídos. Como si un gallo con plumas color de sangre se hubiera presentado y cantase para avisar, en el amanecer, sobre las desgracias. Porque era un hecho el estado de sitio. Porque se decía que temprano el general Uriburu y el teniente coronel Kinkelin habían partido de una casa de la calle Juncal hacia el Colegio Militar, que ya estaba pronunciado por la revolución. Y temprano, a las siete y media, de nuevo mi marido fue a una concentración de civiles en la Plaza de Flores. A partir de ese momento caminé durante la mañana llevada y traída por temores. Y no fueron menos las aprensiones de Dionisia, porque no sabía de su soldado. Las dos tuvimos a veces los ojos mojados y nos colgábamos de las transmisiones de radio. Dijeron que el primer aeroplano revolucionario había partido de la base de El Palomar y se dirigía hacia la Capital. Que a las nueve volaban sobre la ciudad veinticuatro aeroplanos. A las diez el estridor de la sirena del diario *Crítica* anunció la revolución. Los aparatos ya evolucionaban sobre la Casa Rosada. ¿Biplanos metálicos? Pero el doctor Meabe, médico del Presidente, llegaba a la misma Casa Rosada con la orden de resistir. Las filas del Escuadrón de Seguridad cargaban sobre manifestantes en la Avenida de Mayo y la calle Perú.

Cuando no se sabían detalles nuestros miedos se extremaban. ¡In nomine Domini! Oía frecuente el rín del teléfono aunque no me llegaban noticias de mi marido. Podría estar en mil lugares. Pero hacia el mediodía llegó, cansado y tortuoso. No contó lo que le había sucedido. Entonces me paré delante, junto al marco de una puerta, como diseñada igual que alguna mujer de una litografía en colores de Alfons-Maria Mucha. Tulip ladró alegre. Saqué del frigidaire el queso cottage. Puse sobre la mesa un sacacorchos y una botella de vino tinto que él no tocó. Puse un guiso de mondongo y porotos que había preparado la cocinera. Quise que se atragantara. Con algo de eso almorzó rápido. Pero me echaba encima los ojos. Como un cliché. ¡Oh, hombre! ¿Qué hora es? No haremos una fiesta. Entonces se acostó y se durmió, su mano sobre su pecho. Así que llevé a los niños al patio de atrás, para que no lo molestaran. Y pensé ir adelante, al balcón, para ver el desfile de los soldados. Entretanto se supo que muchos oficiales decidían los pronunciamientos. Se había sublevado el regimiento de Granaderos a Caballo. El Colegio Militar penetraba en la ciudad y tomaba la Comisaría 37. Hacia la Casa Rosada iba tropa de la marinería rebelde. Se hablaba de incendios en locales de diarios y partidarios del gobierno. Se habían producido renunciamientos, pero el director del Arsenal, el general Adalid, permanecía leal firme al Presidente.

Cuando mi marido fue a dormir la siesta, los chicos se quedaron a jugar con las sirvientas en el patio jardín. Entonces me puse una blusa de terciopelo color ciruela; estuve lindita. Y me perfumé detrás de las orejas. Pero esa tarde caminaba en un desasosiego. O una irritación que era subjetiva o era de los músculos. Mis tobillos iban de un lado para otro desatinados. En un momento entré a nuestro dormitorio. Vi a mi marido desparramado sobre la cama. Se había desvestido y dormía. Su cuerpo desnudísimo, como una materia rojiza fijada por un barniz que le daba brillos. El pelo como encerado apuntaba para los costados. El pecho era un tímpano entre las sábanas arrugadas. Fue un bello ejemplar de animal hombre. Y la prominencia más oscura todavía. Summarily; stiff, freak brown oak, under the shadows.[22] Para una impaciencia o un hambre, como si lo deseara terriblemente, me quité la bombacha, levanté la pollera y me senté sobre él, definitivamente. A buenas o a malas, hico,

---

[22] En resumen; tiesa, roble marrón extravagante, bajo las sombras.

hico pingo.[23] Sobresalieron mis piernas limpias a los costados de su cuerpo, como dos remos limpios. Empeñada en frotarme, en decirle de voz enronquecida una palabra, Bendito. Me desfondó. Después él se dio vuelta y siguió en dormir transpirado. Resultado no chic. Entonces de puntillas salí del cuarto, molesta de panza, estirándome una y otra vez la pollera, mi collar todavía enredado. Fue una cosa incidental. Como un arruinamiento; pero me quitó la impaciencia. Después comí media lata La Martona de dulce de leche. Empezaba a tener un dolor contra las vértebras.

Tosiendo, a las cuatro y diez me fui a la parte anterior de la casa. Decían que había tiroteos por el lado del Congreso Nacional, del Banco Popular y del Hotel Savoy. Que la armería de la calle Cangallo desde donde se habían hecho disparos, estaba incendiada, Igualmente salí al balcón. Para refrescarme el vientre. El balcón raro, de columnas de hierro parecidas a las de la fachada en la casa Victor Horta, dispuestas con unas nervaduras hacia arriba, abiertas, como cifras entre esmaltes celtas. Desde allí miré a los cadetes del Colegio Militar que desfilaban por la calle Callao en uniforme de combate; las frazadas verdes cruzadas al pecho y los fusiles con las bayonetas caladas. Después, cuando ya había pasado la sección ametralladoras, bruscamente vi que la gente huía. Corrían a la desbanda. Vi el ataque del Klan Radical.

---

[23] Pingo: del lunfardo, caballo amigo.

En el balcón modernista. Estuve; metida en la blusa de terciopelo, las manos unidas contra mi pollera, sin mover pestaña, como sin respirar aire. Cerca de la espesura de tiros. Porque no estaba mal llamar espesura a esos cinco tiros y enseguida nueve, y quinientos y cinco mil tiros, ráfagas de tiros, caudalosamente, que primero parecieron crujidos y después detonaciones. Los cortos resplandores helaban mi cuello. A la hora cuatro y veinticinco de la tarde, vi: soldados fusileros corriendo, soldados que vacilaban, soldados que rozaban sus espaldas contra las paredes o se refugiaban por las ochavas, por huecos de las entradas y puertas. Trotaron rápidos unos oficiales. Los soldados parapetados, o puestos en la posición de cuerpo a tierra, disparaban contra las azoteas y ventanas, desde donde los del Klan habían empezado con disparos sobre ellos. Hubo el andar desarreglado de caballos y de las mulas que arrastraban los cañones de 75 milímetros o unas cureñas. Hubo el estruendo de las ruedas. Hubo, fuegos instantáneos, humos ligeros y humos que venían de quién sabe qué incendios. Entonces esmeradamente pensé palabras:

soldado, fusil oscuro largo, caja de fusil negra marrón, carabina corta de caballería, chispa roja, crujido, detonación, filamento de humo, grumo de hollín, frazadas verdes para campaña, gorras verdes con visera. Y seguí con las manos unidas sobre el vientre, no me atrevía a tocar las arrugas de piedra en el balaustre, ni las columnas de hierro, ni asomarme por el borde. Abocada nada más que a un pensar y hablar palabras puras, o aun frases, abocada a eso. Cuando ya se deshacían mis palabras y mi pollera producía asperezas para mis manos. Cuando un golpe abrió un postigo, como un golpe de viento, y llegó Dionisia. Me tomó de la cintura y arrastró hacia la habitación, adentro. Quiso abrazarme y tenía lágrimas largas en las mejillas. Decía, Señora mía podían herirla, señora querida la iban a herir. Pronto lloré con mucha congoja. Metida entre los brazos de ella. Me estreché a ella. Como si mi criada fuera una mammy.

Primavera del 30

La República Argentina tiene ahora un Gobierno Provisorio. Quedó disuelta la Guardia de Seguridad. Fablito ha sido arrestado y lo trasladarán a la Penitenciaría. Pina ha de venir de su viaje por Europa en los primeros días de noviembre. Mi marido viajó a la estancia. Yo fui una noche a una reunión en la casa de tío Pagano. A la reunión llegó mi amiga Ottoline Bella, casada con un baronet. Su llegada fue el mayor encantamiento. Nos estrechamos y tocamos y besamos mucho. Tío Pagano besó a Bella ligeramente en la boca. Bella vestía un traje de crêpe georgette color gris perla de falda plisada y saco suelto. En la cabeza llevaba una toca flexible de plumas. Yo tenía puesto un vestido corto y sencillo en color sepia, acompañado de un saco de mongol color rubí que pronto me quité. Se veían mis collares de ámbar rizados; a veces los tomaba con un dedo. Estuve perpleja y muy feliz. El recuerdo de Londres no era tenue. Las dos hablábamos de esos tiempos. ¿Quién podría olvidarlos?

Hubo un pabellón octógono de plantas y cristales. Era un lugar suave y sofisticado. Entre las plantas agudas llamó la atención un tulipán de la variedad nueva Elena Eakin, de un blanco aterciopelado y antenas negras. A las once conversé con tío Pagano en el pabellón de las plantas y los cristales. Me alisé el vestido de color sepia. Echada en una silla René Herbst de cromo y elásticos, le dije que deseaba dibujarlo, aunque no imaginaba con qué destreza. Es mi asunto ahora, dijo. Y dijo más: Quiero tu autorretrato y te quiero che, de implacable niña pintada desnuda. Por su modo porfiado de mirarme, eso debí saberlo. Enseguida tuve ganas de recostarme, sí mullida, en el hueco de su hombro. Sin embargo, estuve de boca abierta y entrecerraba los ojos, mientras buscaba una frase redonda para contestarle. En ese momento él me veía las axilas destapadas. Hubo mujeres de pie distraídamente inmóviles, en el fondo, cerca del tulipán. Pensé en un monólogo rápido. Pensé que, como hablando de cosas corrientes, podría decir, Mirá los arcos de mis labios son de color sepia, soy seda en rama, pintura a la aguada en la piel de mis labios apropiados, mirá mis hombros libres, son de color sepia fugaz, pintura a la aguada en la piel de mis hombros apropiados; de lo demás, soy imaginable como una desnuda en sepia flamante, en un daguerrotipo. Pero trepidaba de una rodilla. Pero juntaba las manos, cruzaba los dedos como en oración. Pero estuve, meditativamente, sin las frases redondas, y escurrida y muda.

En los barrios cachivaches del sur, como fundamentos populares, por unas calles andan los hombres que sueltan las hablas brutas que humillan, y mujeres menos notadas, fumando los tabacos mixture. Un malevaje. Y habría un gris ocre extremado para la costa sur, como un aire de desahucio. ¿Fue Dionisia por ahí? No hubo ese folletín. Dionisia no estuvo ahí; sin duda, Fablito preso ha sido la noticia triste para su alma. Ella no anduvo hacia otros propósitos. En casa el patio grande era una mugre. Pero ella lo lavó de su modo. Y por todos los rincones, tenaz. Hasta que se volviera esmaltes. Descalza baldeaba y saltaba, yendo y viniendo con su olor de anís. Una vez también cantó, Voy por arrancar una estaca de la penitenciaría y darles a los vigilantes hasta sacarlos de vereda. Dedicó momentos a un ritmo raro. Su cuerpo fue de una maña suelta y desacoplada. En las pausas, con los dedos se arreglaba el pelo. Después cantó como para un llamado de desafío y tierno, Corré Fablito, corazón audaz, corré mucho hasta Jesús y esquivalos. Brincaba. Vestida como estaba meramente, de falda cortísima, las piernas libres. Igual que si tuviera nada más que ropa interior. Fue una arisca o una salvaje, sobresaliente, concentrada dos minutos y descanso, dos minutos y descanso, con apuro y no. Parecía estar en un pasatiempo. Qué enfermedad o cosmética tiene esta chica para cambiar la rabieta por talento y alusiones... Qué le pasa a ese muchacho Fablito preso... Cómo sufren los encerrados... Pero anoche, en el cuarto de costura, entre cajas de retales y de botones, entre unas telas largas de terciopelo, y espejos y hebras de luz, ella ha estado quieta y silenciosa. Arrinconada, a veces las lágrimas le resbalaban de los ojos. Sin embargo, de pronto, trajo unas cartas mezcladas a hojas casi amarillas de las aventuras de Pipirí y a dos ejemplares de *El Purrete*.[24] Y me dio una carta no cerrada para leer. Yo no quería nada, no quería aceptar, pero ella de nuevo me la daba para leer. Me lo pedía con los ojos. Y veces dijo, Mi chico, mi chico preso. Entre sí divertida y enojada.

---

[24] *El Purrete*: nombre de una revista infantil; purrete, en lunfardo, chiquillo.

Otro día de nuevo obstinada, de dos manos, trajo una carta más de Fablito, me la mostró. Algunas líneas venían mojadas de lágrimas. ¡Ay, Madre Santísima de los desolados! Dionisia estuvo en caminar, mucho llorar, los ojos arrasados, por lugares oscuros, secándose con el delantal. También guarnecida en su cuarto. Pero se presentó en el patio del fondo, en la parte de poca luz, tan obstinada, tan mujer wichi seria, tan tocada de humildad, la vista cubriendo el papel o el suelo, sin gimotear, aunque los pómulos seguramente calientes. La miré apuntando a su cuello y a las clavículas y a los brazos descubiertos, por si viera un espasmo. Le advertía, Querida... no forcejees con la pena. Cuando a mí juntamente me atravesó una aflicción, de notarla así. Y por la carta, de mayúsculas con adornos, de palabras falladas y padecimiento; de repeticiones desesperadas. De una apariencia... Que se leía: Mi señorita Dionisia. Deseo que al recibo de la presente se encuentre bien tu salud, en compañía de la señora buena María Iluminada. Que yo bien por el momento. Que la salud es la estima. La presente es para decirte a ti que siento que no me visitaras. Y te esfuminaste. Y no has contestado una carta. ¿Qué, suplicar de rodillas en el suelo? Hubieras venido tú a la hora de visita y traído algo. Porque dan permiso de autoridad para tener alguna yerba, azúcar y cigarrillos, y fósforos marca Victoria. Porque no tengo ni para tomar un mate. No tengo. Y unas estampillas porque no tengo ni para escribir la carta. Y para fumar un cigarrillo no tengo. Esta racha ha de pasar. Los días monótonos iguales han de irse de uno a uno. Guardo pocas rebanadas de pan rancio. Si me apego contra la pared siento el frío, me duele la nariz. Araño la pared dura. Los barrotes son fríos. Duermo sobre cobijas de arpillera. Aquí no se puede hablar a la autoridad con risa de papanatas. Si no cada hora se vuelve fulera. Sin más por este momento. Que visita no dejes de hacer. Por el momento no tengo más. Sin más. Digo ilusionado a ti, a tu buen corazón. Por el momento, no empieces broncas[25] por lo que pido. Sindudamente soy tu Fablito. La dirección es, Penado 339, Pabellón 3, Penitenciaría Nacional.

---

[25] Del lunfardo: fulero, feo; broncas, enojos.

Me repetí, The moon rattles like a fragment of angry candy.[26] La noche temprana en que recibimos a Pina. El jardín estuvo acaramelado. Por la luna y las extrañezas. Donde unas mariposas imitaban hormigas, unas arañas imitaban hormigas, unas mariposas eran parecidas a las hojas entre las que vivían los sapos hojas, y las hormigas polvorientas eran copiadas por muchos insectos, y los sapos imitaban guijarros. Porque la luna y el arrastre de fácil viento cambió todo cuidadosamente. Y miré las minucias y los disimulos con mis modos de crédula. Hubo ramos de flores color de lavanda y pálidas rosas, en el jardín, esa noche temprana en que las amigas recibimos a Pina. Porque había llegado en el paquebote *Cap Arcona*. Quizá con aire de una reconcentrada. O una engurruñada. Y le preguntábamos: ¿Cómo está Rebekah, y el aya Marilú y los niños?, ¿la primogénita?, ¿cómo es el otoño allá?, ¿y la violinista con el dedo herido? Casi cuando empezaba a

---

[26] La luna suena como un fragmento de dulce agriado (de un poema de e. e. cummings).

respondernos pasábamos a otra pregunta. ¿Y esa extraña muchacha enciclopedista que trabaja para una biblioteca?, ¿en Rapperswil?, qué palabra... ¿Es una charca el Báltico?, sí ciertamente, la lluvia ahí caerá lenta sobre las hojas. ¿Es verdad que fuiste al gabinete de gárgaras de Bad Ems?, ¿cómo fueron tus lecciones de canto?, ¿y el lied italiano de Hugo Wolf? ¿Y el café Nihilismus? Que vos no estuvieras acá lo hemos sentido. Y en esta ocasión no parecés para nada lo que se dice una decaída. No te contagiaste de los horizontes viejos, de los cielos cuajados, ni de las casas crepusculares. Y le pedíamos ideas que nos convencieran, o discurríamos sobre las escenas.

Pero sí, se había contagiado. Sí, quedó inmersa; su cara fue un matasellos de Aeschi, o de Berlin-Südende, o de Varsovia, o borroso de Kolberg, o borroso de Koukkala. Y como de días no dichosos, de lugares de la mayor miseria. Entonces se me hizo de querer estrecharla mil veces, en silencio entre mis brazos. Con muchos besos sutiles y cariñosos. Porque siempre he sentido venir de ella esa melancolía. Antes que mandara las cartas de sellos extraños. Antes que trajese de la mano a su madre, una verdadera Barbara Dürerin. Antes, mucho antes, cuando la madre la traía a ella de la mano, una Pina niña flaca estremecida.

Entre las cortinas echadas Pina espió y dijo, Es como una página de la novela *Oblómov*... en un piso de las grandes casas de la calle Gorójovaia, cuya población bastaría para llenar una ciudad provinciana... Porque la sala de fiestas del Golf Club estuvo llena.

El escenario fue un entorno de andamios y hules y cielo metálico. Más el disparate de fulguraciones. Pina y yo salimos para recitar a la vez y danzar Topsy-turvy dispatches. Fuimos unas experimentalistas, actoras de unos aires: unas iguales. Lo hicimos con los zapatos de charol delicados, las medias gris foncé, los vestidos de satén gris en contratonos y de talle alargado y falda muy corta. Las melenas de puntas marcadas hacia delante y flecos para la frente. Éramos dos mujeres de la clase gris. Las loquitas que van hasta el final de una idea. Emparejadas, como imitadoras matemáticamente del movimiento de esas hermanas gemelas Dolly que bailaban de smoking y monóculo. Por así decir, pusimos las hipérboles; las extenuaciones para hacer de gansas tontas, garzas flacas, cigüeñas, petreles que anuncian. Unas en estado brumoso. Pasmaríamos por la naturaleza de las aves detalladas. Ladeamos las ancas rápidas, y los pies puntas, y nos torcimos de unas maneras... Hacíamos los pasos básicos del Kickaboo. A veces tuvimos las manos en las cejas, por escudriñar lo de adelante y lo lateral. Entonces en nuestros brazos, en cada uno, lució un brazalete del joyero Raymond Templier. También con las manos abiertas alisamos el aire. Como desempañando el aire. De cuatro manos desempañadoras. Más pestañeos. Más ayes. Y unos giros. Compusimos la cara en dibujo de pico. Si nuestros malvados ojos eran de lo peor, si chillantes éramos de lo peor, ¿qué forzábamos? Unas tenebrosidades nos recorrieron, uh, uh, uh, por las piernas y la entrepierna y golpeamos el piso con muchos frenesíes. Pina frescamente, hacía estallar el hule del escenario. Y se nos vio el salto final. Se nos vio la curva del salto. Y que chocantes caímos, que abrimos las piernas sobre el piso. Y arrastramos las manos de canto sobre el piso. Cada una, en cada brazo, lució plateado el brazalete Raymond Templier. No gritamos los gritos del diácono matemático Dodgson, ¡Smark, Boojum, jaberwoocky! Igualmente suponíamos que pasmábamos

Topsy-turvy dispatches[27]

Once, sitting on the floor
a bedecked Beldame I found.

Once there was a silliness
like a perhaps snobbism
like a perhaps gander pot companion
purple heron flatterer
the stork being of no account
the stormy petrel, storminess.

Once there was a topping Beldame
like a perhaps friendly madame.

Springtime, jacaranda, light lilacs
balm, all of them
you exceed in douceur.

---

[27] Despachos desbarajustados:
Una vez, sentada sobre el piso/ a una Bruja engalanada hallé.
Una vez hubo una bobería/ como un quizá esnobismo/ como una quizá gansa compañera de taberna/ garza real aduladora/ la cigüeña siendo no tomada en cuenta/ el petrel borrascoso, estado borrascoso.
Una vez hubo una Bruja empenachada/ como una quizá señora amigable.
Primavera, jacarandá, ligeras lilas/ bálsamo, a todos ellos/ tú excedes en dulzura.

Why does my husband beat me
I have done him no wrong
except that I spoke alone
with a friendly madame.

Springtime, jacaranda, light lilacs
balm, all of them
you exceed in douceur.

Por qué mi marido me pega/ yo no le he hecho agravio/ excepto que hablé a solas/ con una señora amigable.
Primavera, jacarandá, ligeras lilas/ bálsamo, a todos ellos/ tú excedes en dulzura.

El último día de noviembre llegamos a la quinta; Dulce Asunción, Felicitas, Nina y yo. Pasaremos las fiestas y el resto del verano aquí. No Dionisia, ella se quedó en Buenos Aires para recibir a Fablito, porque fue declarado libre y en estos días saldrá de la penitenciaría. Pina ha prometido venir. Nina estuvo encantada. Cuando nos íbamos saludó al vigilante de la esquina. Y después al guardián de la plaza. Durante el viaje en tranvía conversó con el motorman. Durante el viaje en el tren eléctrico se cambiaba continuamente de asiento, pero finalmente descansó su cabecita sobre mi brazo. Quiso traer puesto un vestido de lino blanco. Tuvimos que dejar el monopatín, pero en la quinta le esperaba la sorpresa de un pony casi bayo. Trajimos el molinillo de café, la caja de pinturas y las cajas de sombreros redondas. Cuando llegamos estaba el búho virginianus sobre un palo de la tranquera. Solamente yo, he temido que viniera mi marido a pasar algún día con nosotras, si terminaba las compras que hacía en el sur de la provincia, en el campo de los Duggan. Pero sobre todo temí que viniera la vieja Rurri. Entonces, de repente ideé caminar por un lugar de anchas acacias, como una ministra hechicera enviada para vencer a la vieja intrusa. Y subir a una colina de Silbury misteriosa. Y tomar una apariencia mágica obstinada para restablecer el equilibrio. O para darme a una riña sin reglas. Pero los días empezaron a ser espléndidos. Los paisajes de La Balvanera y de sus alrededores eran gloriosos. La luz era tajante. La luz tenía un fulgor. La luz pegaba en las paredes blancas. El sol atrapó los postigos. E hizo brillar dos árboles de moras. Las cosas encontrarían su lugar. Felicitas y yo fuimos a la casa de los caballos. Los caballos rojizos y antojadizos nos esperaban para hacer los paseos, o para que los galopáramos encogidas sobre ellos. El ford negro descapotable nos esperaba para hacer otros paseos.

Con Felicitas llevé a Nina y a otras niñas para ver el paso del tren. De polleras amplias, sentadas en el césped seco, eso fue el embeleso de ellas. Avanzó una locomotora fogosamente. Igual a una catedral negra. Echó los humos disciplinados, que el viento rizó. Las niñas se embellecían, sus caritas eran rojas y tiznadas, sucesivamente, rojas y tiznadas según el tren les prestaba fuego y sombra.

Pero esa historia se me deshacía porque iba pensando en otra historia, la de yo niña en la casa de la infancia. Cuando miraba entre brumas un campo inglés muy verde, y las antiguas locomotoras. Cuando alguna vez, en un vano, escondida contra maderas, me abrazaba a mí misma de los codos. Teniéndome apretándome. Dudosa o en alarma. Porque me había revolcado en el fango junto a niños campesinos, porque odiaba a una tía riente y a sus misterios. Por entonces me hacían desayunar sola, en la cocina sola, ni con la servidumbre. Y por ese tiempo cruel mataron mi gallina tesoro, en vez de matar las otras las de engorde. Y me enrulaban el pelo con unas tenazas calientes flacas. Pero tenía mucho susto por la cara de mamá descariñada y por las risas de la tía Rurri. Y estaba yo siempre trepidando de mis rodillas y era una sensitiva y una fatídica.

Pero mi marido apareció, me desconectó de las memorias pavas. Tales memorias no tendrían que importarme nada. Y me forzó a volver a la casa. Volvimos por el camino de tierra que bordean primero los eucaliptos y después los paraísos. Empezaba el sol a hundirse entre las arboledas. Empezaron los grillos a rumorear. Cuando llegamos estaba la viejísima tía Rurri, arqueada, riente. Y encendía un fósforo tras otro, porque preparaba las velas del rosario. En el vestíbulo tuve ganas de aplicarme contra mi hombre, situarme, componerme, dejar de lado esos tránsitos de caras rojas y de fósforos prendidos y de rezando rezos. Quería tocarlo con manos suaves, apenas acariciarlo, no por estorbar, no arrugarle las mangas. Nada más que estar aquietada contra su pecho. No para causa de intimar. Pero él fue un epítome de él. Pero adentro, en un cuarto contiguo, pronto me tanteó y levantó la pollera, también desbarataba mi blusa deportiva. Yo forcejeé, me torcí y me contraía.

VERANO DEL 31

¿Dónde estaba Dionisia? Pronto sería oscuro. En la quinta hubo un aire muy arenoso caído sobre las cosas. El campo en letargo. Una influencia o pesar cayó sobre mí, era una especial sonsera. La luz que no se movía me obligó a calcular. Comprimí la mirada en un rectángulo. Una caja. El fondo era algo de barniz amarilleado, más amarillo a media altura. Los ocupantes del rectángulo fueron dos hombres, quietos o parsimoniosos, no hablaban, semejantes caras no explicaban. Fueron dos tipos no bravos, que podían tener olor a tabaco y ligustro. Uno apareció más alto, por erguirse sobre el pescante de un automóvil. Ése tenía puesto un sombrero chambergo como de arcilla bermeja, con dibujos de sobra oscuros. Su cara, la mitad ocre maíz; el otro lado igual de color pero atenuado. Se vio una oreja. La boca fue la boca de un jarro. Llevaba puesto un saco negruzco no abotonado; algo abierto dejaba ver la camisa cubierta de un barniz más claro que el del fondo. La camisa estaba surcada por una línea vertical de lápiz. Las mangas del saco arrugadas. Una, la que se apoyaba en el parabrisas del Ford, remataba en una mano débil. Me contraje en los detalles. Pero no hice atención en el segundo hombre para no cansarme, no ir en divisiones y subdivisiones. Pero en conjunto ése era más bien gris, de saco abierto. Del Ford miré hasta tres cuartas partes de parabrisas y un octavo de capó. El volante se pareció a medio sello postal. Por las caras tiesas, tórridas, uno suscitó un Buster Keaton, otro, un Fatty Arbuckle. Esta espera cuidé por una semana. No hubo un desenlace. Trataba de medir el valor de lo que hacían. Mi rabieta fue porque ellos no trajeron a la muchacha. No la trajeron desde Buenos Aires.

El cielo suele estar vacío de nubes en esta época. No sucedería así cuando esperaba a Pina y a Dionisia. Ellas han de venir mañana desde Buenos Aires. Hoy el cielo se cubrió de nubes y hubo una lluvia continua que dejó los caminos anegados y difíciles. Era posible que llegara bien un sulky pero no un automóvil. Las nubes pasaban furtivas. Unos pájaros negros entraron en alguna nube. Dulce Asunción calmosa le arregló un vestido a Nina. Felicitas me siguió a todos lados como una cuñada enamorada. Un momento dejó de llover, entonces salí al abierto, entonces Tulip iba por el campo y se embarraba. Los sapos de la fuente entonces saltaban por el pasto, cruzaban en direcciones que parecían incongruentes. Al búho virginianus se lo vio en diferentes lugares. En la galería el viento quebraría las guías de la hiedra y los pequeños tallos de la vid. Dulce Asunción bañó a Nina y la secó entre risas y cariño. Aun le hizo las trenzas para ir a la cama. Yo me bañé después. Cenamos las cuatro y comimos de postre higos de la quinta. Fui al dormitorio y me puse un camisón liviano. Pronto Nina subió a mi cama, y se durmió enseguida. Acostadas juntas, sentí extrañamente que Nina me protegía.

Le acaricié los cabellos, los brazos y los pequeños dedos de las manos, pero ella no se despertó. Le puse un rato mis dedos entre sus rulos. A través de la ventana veía las nubes rotas. El viento no se aligeraba y golpeaba, abría y cerraba el follaje continuamente. Pero miré las porcelanas diáfanas puestas en las repisas. Y miré nuestros camisones con volados y plisados. Y la penumbra humosa de la puerta. También con la mano plana me frotaba suavemente la boca. Cerré a medias los ojos. Sin maquinaciones los ínfimos hechos me harían dormir. Cada cosa simulaba otra cosa y eran las simulaciones suaves, sin apego. Eran los paisajes insípidos. Como unos paisajes de insipidez de Dong Yuan.[28]

---

[28] Dong Yuan: maestro chino del siglo X, bajo la dinastía Tang. Sus dibujos son de tintas diluidas.

Debajo de la pérgola de hierro, con pináculo de fundición y cenefas en treillage de hierro, miré hacia la arboleda verde y negra. Sentada en una silla afilada como las de la cervecería Quilmes. De triste tuve en los hombros varillas que formaban el armazón de yo muñeca. Sería una muñeca de ojos de cristal fijos tristes, de cabeza en biscuit, la boca abierta, el pelo como no auténtico, un mohair oscuro insertado, el cuerpo duro. O por mi propia falta de encanto, una muñeca Kewpie, la peluca de mohair, el cuerpo cualquiera de cuero. Una pausa. Empecé a mirar de otra manera. Me discutía a mí misma, pero constaté; no podían ser otras, ellas venían. Sacudí la cabeza, en el vértigo se iban los aires tristes. Enseguida mi alma divertida. Porque enseguida fui al camino de encuentros. Pina queda en un lado húmedo de un árbol. Dionisia queda en un lado seco de otro árbol. Se mira una pierna, sopla, se mira el vestido. Ella está alegre, veo sus dientes. Pina no se ve. No sobresale del obstáculo árbol. Y lo hace bien. A saltos llegué adonde estaban. Hubo tres hilos de agua debajo de los saltos. Pisé el cuarto hilo. En el juego de los saltos pasaron livianos el cielo y el follaje. Hubo las sombras rápidas de nubes y de follaje por el suelo. No quise abrir más las piernas, no saltar más, y preservarme. Ya no pisar charcos ni hilos de agua entremetidos. Porque la lluvia había venido en el primer tramo del día. En el segundo tramo vinieron perfectas Pina y Dionisia de Buenos Aires. En el segundo tramo jugamos de niñas hasta una fatiga y una transpiración. Vestidas de colores crudos y en muchas posturas. Cuando nos deteníamos nos mirábamos complacidas. Entonces éramos como una Alicia Liddel, una Any Hughes, una Xie Kitchin contra la pared. Fotografiadas por el diácono Charles Dodgson.

Como para una técnica del aguatinta, el cielo se llenó de nubes diluidas. Hubo los relámpagos de verano. Pájaros apurados levantaron vuelo sobre La Balvanera. Quedó abandonada una silla y su sombra tiesa. Adentro de la casa mis amigas se agolpaban. Atolondradas. Graciosas; pero desde luego no igual que una Gwen Lee, ni la actriz bonita Leila Hyams, o Norma Shearer o Jeannette Mac Donald, ni cualquiera de cinelandia, menos una Francesca Bertini entre flores rojas. Frente a los espejos ovalados usamos las caretas de papel y masilla. Danzando. Los espejos eran altos. Jugábamos a combinar: las camisas holgadas de estilo mandarín, los vestidos de organdí, los trajes de mañana en sarga de seda. Y hacíamos los gestos de unas ridículas superficiales, como para ofrecernos al retratista de sociedad Cecil Beaton. Alzando los brazos dejábamos caer los vestidos de volados amplios. O jugábamos a las tres enaguas, la traviesa, la modesta y la misteriosa pegada al cuerpo. Y nos despojaríamos tan ligeras; en un modo de alegría pascual. Antes les había contado la historia de Fablito. En estos días él quedó libre, pero no vino a la quinta. No lo vimos arrastrando sus herramientas y azadas.

Dionisia llegó. Exactamente, tuvo la cabeza inclinada hacia un seno y los pómulos salidos clareados. Trajo en frascos de terracota mermeladas rojas. Entonces inventé un sueño que ella soñaría, con Fablito, el Kaiser de su vida. Inventé las palabras engañadas que pensaría:

Muy felices pascuas. Así es interpretado el muchacho que pasó por la puerta. El calor y todas lo miraban. Rosadas, todas lo miraban. Él con el color de la piel como de cerámica horneada. Por qué sigue entrando con el pantalón redondo. De nuevo está entrando, con el pantalón azul o el pantalón amarillo. De nuevo está entrando, sonriente. Ellas, no muchas, con las caras más rosadas, de un rosa subido casi color de ladrillo. Él con el color tenue de la cerámica recién horneada, cuando es bizcocho.

En un día de la quinta, lo raro fue que aparecieran como unos soldados ingleses en la avenida de las casuarinas. Y después se metieran por entre árboles cercanos que no son casuarinas. Miré esa entrada lenta. Miraba a los hombres. Imaginados pinchados por alfileres para ubicarlos en un mapa. Cosechando luego los alfileres sabría de la cantidad de espíritus, del número de cajas para guardarlos, del terreno abonado para ya cultivarlos. Se esparcía mi idea. Aislada. Pero yo era una inmoralista contra la ventana. Tenía sólo puesto un chapeau cloche de terciopelo rojo, que dejaba hacia fuera puntas de cabello, que me sombreaba el rostro. De lo demás desnuda; contra la ventana. Se escuchaban ladridos cortados. Y los vi, salir por una casa de hierro. Y llegar, venir llegando, y venían pero casi no. Avanzaban pero nunca parecían acechar mi cuerpo. Y estaba lista de las nalgas, como bien redondas. Fui una hindú preparada para que la azotara con cinturonazos un colonial de rango, de uniforme caqui, pantalón corto y las insignias rojas en lados. Porque el atardecer me ennegrecía. Bruñida trivial, lista para disciplinas. Algo que picara en las nalgas.

Aunque era una mujer fría, propuesta detrás de esa ventana, que desde afuera debió parecer un espejo, no un vidrio simple. Y dudé, que me vieran de repente. Cuando ellos venían en silueta, o en estilo de peones de pasos cortantes. Pero mi frío no es buen negocio. Mi frío parece una broma, de astillas que no se clavan y dientes que no rechinan. Pronto los que pasaban vinieron a ser una unión de gimnastas distraídos, en línea errática, indiferentes a cualquier ventana, ocupados con sus puños y con las pelotas multicolores; pelotaris ajenos para toda opacidad, para toda sombra en vidrios. El anochecer agregó neblina rosa. Prendí la linterna Winchester. Del cuarto no salí. Así acabó mi fervor y la injuria de la imaginación. Se iban los espíritus por las arboledas.

Abandonadas sobre sillones de mimbre. Al final de la tarde conversaba con Pina. Ella se inquietó por Alemania, porque los fascistas, desde septiembre, ocupaban 107 lugares en el Parlamento. Con unas cosas hilaba ideas, para dejarlas enseguida. Se perdía, como sin voz. Hacía los silencios; entonces apartaba sus cabellos por mirarme fijamente. Prolongadamente; en un gesto de absorta. Luego entrecerró la mirada. Hubo luciérnagas rápidas. Se oía un murmullo del anochecer, unos pequeños ruidos de floresta entreverados. Le pedí que me siguiera hasta las higueras. Cuando todos dormían, como a escondidas, tomamos por un camino detrás de la glorieta. Con la altanería de las narices y las cejas, por tramar algo. Iguales de delgadas y altas y de shorts blancos, y las piernas largas. Y descalzas. Two celtic girls with auburn hair, restless, unforeseeing, with swimmer's arms, thus.[29] Anduvimos calladas, por una rastrillada, por unos pastizales, por trechos de tierra hú-

---

[29] Dos muchachas célticas de cabello castaño rojizo, inquietas, imprevisibles, de brazos de nadadoras, así.

meda, por lo embarrado, y llegamos a las higueras. Trepadas comimos unas brevas con su punto caramelo y un pan de miga blanquísima. También fuimos hasta el tanque australiano. Allí la luna formaba un pie flaco de luna verde sobre el agua llena de hojas oscuras. Al lado de la bomba del molino, nos sacamos las blusas y los shorts. Nos bañamos. De una manera que cuadraría a unas esclavas enamoradas del mismo amado. La luna disparaba rayos sobre nosotras. Y nos adormecíamos, porque el agua del verano adormece como la amapola. Pintadas en colores más débiles que los de los fauves. Lejos, al fondo, veíamos las arboledas negras interminables.

Pinté un cuadro. Quise llamarlo, *Pina espera*, o *Pina con neurastenia*. Usé óleo y témpera sobre tabla de álamo. Ella estuvo de gorro y traje de baño, su piel tostada por el sol, sentada en el piso. De fondo puse unas franjas laterales pajizas. Quedó un tinte gris tormento para el centro. Quedó su espalda fija contra lo gris. La cabeza alzada y una mirada viva de pájaro, dirigida hacia la parte derecha del cuadro. A un lado pinté una manta de chintz carmín. Con la brocha de motear llevé manchas por el rostro. Y una sombra preponderante sobre el hombro y el cuello. Para la figura de una garganta extraña. Puse una línea simple sobre la mejilla izquierda. Como un ardor. Y las piernas cruzadas y los antebrazos largos apoyados sobre las rodillas. Puse capas finas. El conjunto fue de un aire ocre y también de un marrón. Como si hubiera olor a playa. Las variaciones de ocres eran del tono del reclame Pears' soap. Ésta es cosa controvertida. Para una pintura que no reproduce una lámina. Durante el día ella estuvo distanciada, quizá ácida. Resultó una composición de tonos especiales. Sí, algo parecidos a los del anuncio Pears' soap. Ella se dio cuenta; lo comentaba.

Posó como terca mirando un jarrón Tiffany de cuello largo. Alzaba las clavículas mientras yo pintaba. Había por el suelo arenilla oxidada, unos peines de madera y un molinillo de café. Cuando se sacó el gorro quedó libre su cabello de canela. Tuvo puesto colgantes de Lalique en forma de cacto. Hubo una luz de polvo de oro sobre la piel de sus brazos. El cuadro estaba encerrado por un marco de hierro flaco, no liso, raspado y martillado. Ella gritó, No me encierres de bacana, de fulera, de machona,[30] de brava. Y se hundió otra vez el gorro de baño en la cabeza. Llamé a la pintura, *Simpleza o retrato de la bañista Pina*, 1931. Después holgazaneamos.

---

[30] Del lunfardo: bacana, mujer que vive en la abundancia, pintona; fulera, fea, ordinaria; machona, muchacha que prefiere jugar con los varones.

Conté a Pina, una historia de imaginaciones sobre Dionisia: Que nuestros cuerpos sudaban. Que juntas. Que le bebía los besos. Porque Pina me preguntaba. Yo, que le hablaría al oído, en silbidos. Porque me preguntaba. Yo, que le hablaría en francés de mi sentimiento, para que no me entendiera. Ne vois-je pas bien que tu es fillete. Y en silbidos. Y también ofuscada, J´ai connu Psappha à Lesbos. Porque me preguntara aún, le dije que mi locura continuaba. Entonces deformé mis cabellos con las manos como estando para seducir. Opaca de garganta dije todavía, Ella tiene muchas divinidades en el cuerpo. Hubo una mesa de vidrio y metal; encima una lámpara de opalinas, más un frasco cristal de perfume con una stopper en forma de losange, más un frasco tester de cristal nublado. Y un prisma nublado. Iba quedando todo igual y yo acababa con mi memoria. Pina se acercó. Fue ella una encantadora cosa, con brillos y anublados divididos por el cuerpo. Después cubrió las opalinas y los cristales y el prisma. Ella se adelantaba de lo claro a sombra. Con su cloche de paja timbó y cintas de tafetas, movía la cabeza igual que para un leve, no. Pero dijo, Ya ya. Ahora no hablé. Ella sobrepasó, hizo una penumbra que nos unía. Ella me vio un pie avanzado. Hubo esta sucesión. Me despeiné aún. Sus miradas fueron agujas muy finas. Me aparecieron remordimientos fugaces. Mi cabeza vuelta sobre un hombro. Me besó, besos apretados en la boca. Arrojó la cloche de paja timbó. Me despeiné aún. Me bajó el corsage. Se desabrochó. Sus pechos y los míos desnudos. Le miraba los pezones vagos. Me enloquecía mirarle los pezones. Ella movía las manos de nervios. Me daba vuelta, me alzaba la falda, me tumbaba en la cama. Yo estremecida porque me bajaba la bombacha. Creí que me daría palmadas. No. Besaba mi nuca. Mordía mi cuello. Respiré hondamente. Me pidió, Gemí.

Reímos días seguidamente. Porque ella se detenía en unas consonantes secas. Porque cualquiera se podría extrañar de nuestras entonaciones. De nuestros modos. Y no temí y temí, que lo que pasó con naturalidad continuara por demás. Que ella se volviera una Mnasídika, una Très-amoureuse. Y amorosamente nos tirásemos de las blusas y faldas, muy deleitadas. Y pasaron días antes de hacer de nuevo unas fiestitas de Safo, o de tocadas. Porque finalmente no hicimos unas exhibiciones más de dos veces largas. No sucedía ese demás, no, por sus empaques traviesos, por mis dudas. Y haríamos por otra sola vez el aturdimiento. Para ese tiempo en que nuestros maridos viajaban. Porque el pecado contra ellos fue el de serles infieles en unas infidelidades y fingimientos, que ellos no se permitirían entender. Cuando las dos ni consentimos en creer que los juegos eran pecados solemnes. Y pensamos de la simpleza de cada cosa. De que Afrodita amara las sonrisas. De las bombachas juntas sobre una silla. Del resplandor de los ojos de Pina, del resplandor de los míos. De que fuéramos unos figurines. Del afán. Y esa delicia de una sal en nuestra piel. Pero me aparecieron los presagios.

Yo colgué, boca abajo sobre los sillones grandes. Me restregué la cara contra la funda de cretona. Si vacilaba en el aire, tenía un gusto de estar levantada por hilos de ansiedades. Pina fue la marionetista. ¿Cómo ella me vio? Ella levantaba los hilos con despabilo y chiqué.[31] Pero me aparecía un presagio, en forma de un ojo de pájaro Horus, marrón, blanco, pupila fusca, párpado amarillo. Y una pena final. Y me restregaba contra la funda de cretona muy arrugada.

---

[31] Chiqué: del lunfardo, afectación.

Otoño del 31

Pienso que no diré a mi marido, Hasta aquí hemos llegado. Ni que nos alejan los olvidos. Ni que nos alejan los cuatrocientos kilómetros entre Buenos Aires y Tandil y muchos tiempos de ausencia. Pienso que eso no le diré. Ni que sé, que él tenga en idea el dejarme. Quizá esté con una mujer de recambio. Él no anda sin elegancias. Pero sí le diré, Una cosa es cierta; no debés olvidar a Nina.

De qué modo le preguntaría, con qué malicia: ¿Dónde has estado?, ¿dónde has estado esposo dandy?, ¿cómo se esforzará tu burla?, ¿qué le dejarás a tu esposa para desgraciarla?, ¿una soga para colgarse? Sin descanso he trabajado en diseños y pinturas, como si fuera una obrera de dos turnos. Pero una aprensión me apuró. Pero soy linda maniquí. Este tiempo no me crucé de brazos, ni me retorcí las manos crujiendo, o grité. Ni de sopetón me puse íntima con alguien vestida sumariamente. Eso me daría una clase de vergüenza. Trabajé como una obrera de dos turnos; para pintar mujeres dramáticas estilizadas. Me doy cuenta. Aparezco linda en mi delgadez de junco. Aun desarreglada con algún mechón de pelo sobre la frente. Aun como de mamarracha. Y mejor que las flappers de cabello corto y frío en la nuca, y vestidos tontos. He vuelto a pintar los paisajes con mujeres. Usando líneas de muchos sentidos, poniendo el mucho interés por el color. Hago las alteraciones de color y los recortes. Con reglas aritméticas cromáticas. O para que mis trabajos llamen a la extravagancia, al tono loco. Es una cacería de colores contra algún fatalismo. Pinto con antojos y furia.

Una vez me pareció ver el amor. Que era una cacatúa y un bello modelo de vestido de novia como el de Lady Elizabeth Bowes-Lyon. O las divertidas maldades cuando cierra la noche. También el acto masculino fuerte y rápido. Y sus cuotas. O las penumbras unidas a mi cuerpo dócil y un escalofrío. Y mis párpados delineados y mi look pimpant como en *Vogue-woman in a cloche hat*. Ironías bondadosas, tiernos stocks, porcelanas, cosas así. Y algo de cuando yo no quería saber de amor. De cuando Pina, en el Club Británico, con la luz que venía de artefactos, sus clavículas claras y el pelo bañado en resplandor, bailó vivamente el galop de Strauss.

Para salir del emperramiento del mal. Entré a la iglesia del Salvador. Pasé la reja de la entrada, mis piernas temblaban. Quise hallar una conducta oficial. Llevaba un vestido que caía recto, de cintura bajísima y nada remarcada, pero acaso demasiado corto. Llevaba una cartera en formato de bolsa. Y una mantilla sobre la cabeza. Íntima y refinada podría ser de un tono ilícito. Recé: Adoro te supplex latens Deitas, aperi Domine os meum...[32] Hacia la derecha una mujer señaló con un dedo el altar mayor y eso parecía inquietante. Pensaba en dudas. Me confesé con el padre Leonhard. En el confesionario de la nave lateral izquierda, de maderas oscuras, de una majestad de oscuridades. Que tenía talladas en la parte de arriba las palabras kyrie eleison. Verdaderamente, Señor tené piedad. Porque un espíritu obsceno me posee. Es un espíritu de un ocre muy sombrío. Entreví una parte del hábito del sacerdote, se me dibujó de pliegues. Oía unos retumbos de la iglesia. Hablar me era difícil. Estuve casi varada para decir

---

[32] Te adoro de rodillas Divinidad escondida, abre Señor mi boca...

de pecados. Fue más bien un decir de congojas, o lo hirviente de una neurastenia. Al final, un cuento desmemoriado y un sedimento de palabras borrosas. Mi voz decaía. El padre me preguntó, Dónde ve usted la influencia. La confesión misma se volvió una falla contra mis amigas. Y pensaría: Sea lo que fuere no despego la corteza del musgo, ni el cuerpo del pecado particular. Hubo el silencio corto sin reconvenciones. El padre se precipitó a dictarme la penitencia. Tenía que rezar un rosario completo, los misterios gozosos, los dolorosos y los gloriosos. Y besar dos veces el suelo de la iglesia. Lo clemente de la penitencia fue la suma de todos los reproches. Sentía graves los ecos de las naves laterales. Tuve una elasticidad en mi cuerpo al salir del confesionario. La elasticidad era en mi torso, el aire me penetró ansiosamente, como una parte de la gracia de Dios. Tal vez porque la iglesia me sentaba bien. Pasaron dos padres jesuitas; escuché un runrún de las sotanas de los padres jesuitas. Era no digno de confianza ese runrún, pero habría una manera de entender las cosas. Vi el movimiento de las dos sotanas y un brillo que se escurría en las fajas negras. No me privé de mirar. Pero abstracta y lenta, sin una manera de entender. Y buscaba un lugar para besar el piso.

El lugar de los besos. Los mármoles de los zócalos grandes son verdes y oscuros, así como cubiertos de aceite de linaza. Tienen unas vetas blancas que parecen relámpagos. Las columnas son anchas, son unos troncos inmensos indestructibles. Las partes altas de las columnas son acanaladas. A la izquierda hay una gran puerta de arco, de hierro y vidrios, conduce a la sacristía. En el altar lateral izquierdo, sobre los mármoles verdes hay aplicados soles de bronce de hojas radiales. Arriba está la Inmaculada rodeada de ángeles. Hay allí columnas de mármol rosado veteado. A un lado está San Miguel Arcángel, sí cubierto de aceite de linaza. Tiene piernas densas, lleva ropa de soldado romano. Tiene grandes alas doradas. Se lo ve en el momento en que atraviesa con una lanza un ala de plata del diablo marrón.

Había dos peldaños de acceso al altar. Obligándome a mirar el piso, no supe cuál peldaño debía besar para cumplir la penitencia y acaso los peldaños mismos esfumarían el valor de la penitencia. Por eso besé el piso anterior a los peldaños. Me arrodillé, me curvé, el velo me incomodó. Se destaparon mucho las piernas. Me inclinaba con una aguda vergüenza: besé dos veces el suelo. Me sentí ordinaria.

Toqué el frío y el polvo. Mis labios quedaron agrios y empolvados. No quise pasar el dorso de la mano por ellos. Miré hacia un costado. Lejos, la estatua de San Ignacio de Loyola me vigiló, llevaba una casulla con oros. No quise mirar al Jesús del Sagrado Corazón ni al Jesús de la Cruz. El púlpito estuvo solitario con una raya de luz. En una penumbra volvieron a pasar dos padres jesuitas altos. En esa penumbra volvió a mostrarse la mujer que antes había señalado con un dedo el altar mayor. Tocada apenas por impaciencia, el velo me incomodó en los hombros. Qué estuvo concluido esa vez. Qué aprendí. Cuando por fin me torné sumisa. Qué me dije esa vez del acontecimiento. Qué me dije de la boca, de mis labios avanzados, de la oscuridad de ser dominada.

Conversamos en la sala del piano. Le conté a Emilse lo de Dirube. Ella me preguntó si él era sacerdote. Lo sé, le dije, Pero no quiero darme cuenta de lo que me gusta, hacia dónde camino. Le explicaba: Calladamente lo pienso de amante. En un desmán como el de esa Simonetta Vespucci que tenía el mal sutil, o el de la Anna Ajmátova, que veía las nubes en forma de ardillas estaqueadas. Es organizar un pecado mortal. Y me han aparecido unas figuras de sacerdotes, de reverendísimos muy masculinos. A veces, se me aflojan los brazos y estoy fija en el patio, sentada meramente en una silla de mimbre, mirando ratos las líneas de mis pies. Acaso sea por una melancolía penetrante y no lloro. No sé de cierto cómo llego al ánimo para pretender a tal persona y también molestarme por la ausencia de mi marido. Lo pienso con sus miradas extraviadas y sus pestañas quietas. Me pienso a mí, tentada, tomándole de la sotana en súplicas salvajes, indominable, vestida con ropa escándalo, y de rouge rabioso. Igual que las idiotas razono sobre cosas cochinas. A ese hombre, de un desusado buen porte, le diría amarga, o cáustica, Entregaste tu sal a la Iglesia; a mí no me diste ni un grano de sal. Pero quedo en silencio. Pero he cuidado de no tener éxito. Pero no te burles de mí, he huido, creo que no me ofusco. Todavía no estoy en pecado grave carnal. Mi progreso hacia la sumisión ha venido a cambiarse en un deseo de provocar a un sacerdote. Y una consternación. Pero me quedaré quieta, pero me estoy forzando a retroceder. Entonces hablaba con apuro, con mucho apuro, vertiginosa. Iba de lugar a lugar. Y arrimaba sillas, acomodaba almohadones, me retiraba el pelo de los ojos con energía. Pero Emilse me interrumpió, me tironeó de un brazo y dijo, ¿Por qué hacés una historia excedida de semejante cosa? Los sentimientos son nada más que pinchazos, da vuelta esa hoja novelera. Y ella misma se dio vuelta hacia el piano; se puso a martillarlo a profusión y a cantar un tango.

Después cruzamos la ciudad. Tomamos un tren del mediodía en la estación del Ferrocarril Oeste y caímos en la quinta. El viento empujaba las nubes bajas. Nos enfriaba. Las cotorras gritaban a nuestro paso. Imitando mis arrebatos los arbustos fueron una greña, por unos cuadrados la hierba medraba, por unos rectángulos la hierba se levantó furiosa para hacer pastizales, el cerco de ligustro estuvo crecido furiosamente. ¿Qué no debería hacer, gracioso Dios?

No fui a misa de once en la Capilla del Carmen. No vi al padre Dirube. Pero volvía a contar a Emilse de cosas de mi vida mínima. Ella me ha escuchado, pacientemente. No me ha echado en cara las insensateces. Aunque repetía cada tanto, claro, claro. Entonces me daba cuenta que era porque algo yo decía como para arrancarse uno el pelo de a mechones. Ella salía del paso, desarmaba los dramas, pasaba a farsa lo dicho, a, Esto ya fue demasiado y risible, a, Eso es igual que ver a un hombre con los faldones de la camisa colgando. Entonces comentábamos sobre las visitas frecuentes de tío Pagano. ¿Qué deducís che?, me preguntaba. A veces ella trae los moldes de costura, sus bordados Richelieu, o teje algo, un echarpe, cualquier cosa, mientras conversamos. Emilse es expansiva, y hace gracia por su aspecto de mascarón de proa o carranca de chalupa brasileña. A veces quiere que cantemos de a dos. Los tangos la conmueven. Si echa los ojos al cielo expresivamente, cuando los baja parece un duende. Como para empezar pantomimas. Entre charlas sobre artistas de Hollywood y sobre la inefable del cine parlante, Mary Pickford, tan bien filmada en *Coqueta*, fuimos juntas a Florida y Cangallo, a

Gath & Chaves y después a la Tienda San Juan. Ella quería continuar, ir a Victoria esquina Piedras, para las liquidaciones de La Imperial. Finalmente se compró un corsé rosa frutilla de estilo puramente parisién y un porta-senos merveille de goma inglesa. Yo, una camiseta y culotte. Los trapos y la moda están en nuestros corazones. No para aquel diálogo feo de Giacomo Leopardi, entre la moda y la muerte.

Al regreso encontramos a mi marido que venía a pasar por Buenos Aires sólo un día. Había tomado un café, se había servido un whisky; parecía aprensivo. Yo estuve algo abatida, aunque no ridícula. Naturalmente, cuando se percibe que estoy así de incolora, mirando distraídamente la alfombra, aferrada a mi distracción, desencanto a cualquiera y por supuesto a él. Entonces mi marido pone música de la radiofonógrafo y empieza a errar, idiosincrásico, por los cuartos. Dando el perfil y hablando con frases de conjetura, Podríamos ir..., Sería bueno ese restaurante de la calle Corrientes..., O si no a El Tropezón, para comer un puchero español..., Habrás pasado un buen rato con Emilse... De modo que, por algún rincón una risa débil me late. Pero esta vez teníamos que ir a la cena de los Millington Drake. ¿Qué ropa llevaría? Debía ponerme erótica hermosa, en maneras. Deliberadamente chic y de partes que se vieran de mi cuerpo.

El jueves, con el don de un buen dios aprestado, tío Pagano fumaba un puro claro candela, un María Guerrero de cinco pulgadas y media. De los que arman sobre sus muslos las torcedoras habaneras. Fumador y también husmeador, porque me miró como a una delicia. Y no dio un ritmo adecuado de fumar. En un momento casi inicial se apagaba el cigarro. Entonces pitó con ímpetu. Yo sonreí y parpadeaba a propósito. Pero él no es manuable. Y grandote. ¿No habrá salida?, ¿no habrá desviaciones?, ¿me he volcado a otro antojo? Pero lo mío es un garabato, pero no siendo una tremenda, acaso como siempre me he puesto en vulgar mendiga de miradas. Pero eso no fue un encantamiento. Tampoco él es un viejo de arrugas, a pesar de los más de veinte años que me lleva. Él tiene poderes, impregna con su mirada. Yo puedo estar ociosa, no allegadiza, no merodeadora, sin dar largas al asunto. Ni que él sospeche de unas intenciones. Aunque, igual a un brillo sobre una rata, me corrió la idea de besos y sometimiento en lo clandestino de un taxi. Pero eso no tiene trato. Eso está radicado sólo en unas ideas malas. Concluido. Y me convendría ir a los cuartos de arriba. Dejarlo abandonado en sus bocanadas de humo, en su congregación de miradas, de leves tropiezos al fumar. Sin embargo, todavía nos enfrentamos en el vestíbulo dominado por unos cuadros malva, que manchaban de reflejos malvas el piso. Y a nosotros. En una cercanía, en una eternidad y el silencio que cayó difícil. Literalmente, qué hubiéramos dicho. Qué especialmente. Cuando se fue un espejo de tres lunas me atrapó. Y me miré en escándalo, ya multiplicada. Alterada. Y me acordé de las primas Irma y Pirica. Ellas tan parecidas a mí, tan como mis hermanas efectivas. Que ahora están internadas en un sanatorio de la sierra cordobesa porque no mejoran de los pulmones.

No fue ventaja para tío Pagano tener hijas mujeres. Tener una casa donde las mujeres abundaban, esposa, hijas, criadas y aturdimientos. Donde él aparecía como el que daba o negaba los permisos, algo que haría sin molestias, casi con displicencia. Pero al mismo tiempo tenía que soportar la debilidad de ellas, y esto agravado por las enfermedades y un acompañamiento de disimulos, y los matices. Y los no decir una palabra, o un no saber de eso, y un esperar sobre eso, pero un no haber noticias, o que llegaran como recados al bies, o un ¿no lo comprendés?, impuesto. Porque después de la muerte de su esposa, cada hora pensó en Irma y en Pirica, aunque ignoraba de qué modo iba a fingir que mucho no estaba al tanto, y que en todo caso el asunto no era preocupante; que no era algo para hacer hincapié. Cuando a menudo andaba igual que de porte alegre, dándose su tiempo, cabalgando sobre los hechos a contraviento, por lo menos sin mostrar desolación ni ansiedades. Corrigiéndose, eliminando las palabras sobrantes. Sin toses ni inspiraciones fuertes cuando había que resistir las miradas inquirentes de ellas. ¿Quién le había dicho que las hijas empezaban un peregrinar de penas, porque estaban enfermas de tuberculosis? Hubo seguramente el primer día en que lo supo. Hubo después días en que absolutamente solo, recluido por algún lugar, encogidas las comisuras de sus labios, debió sentir que una brisa o furor le hacía jadear y cerrar los puños hasta que se vieran de nudillos blancos. Y luego, como si perdiese los brazos en un arrancamiento, le llegaría una aflicción inmensa. O debió caminar vagamente por las calles, enjugando la boca en el pañuelo, llenándose de manchas de sudor su camisa. Porque ya no sería otra cosa que un hombre atenazado por el sufrimiento. Y pensando de las noches que vendrían, aprovisionando esperanzas y noticias.

El martes el Río de la Plata estuvo pintado de un marrón Vandyke. Primero fuimos en dos automóviles a mirar el barrio de casitas blancas de los inmigrantes polacos. Después, en grupo, caminamos por la Costanera Sur. Tío Pagano y yo nos tomábamos del brazo. Andaban adelante Nina y sus amiguitas, y cuidándolas, Dionisia, Narcisa y el chauffeur. Las chicas iban y venían sin pausa, en forma de remolino. Y con tío Pagano reía de eso. Reí mucho y le dije, Ahora cantemos tangos, porque no tomé el desayuno: I couldn't have my breakfast. Cantemos scrambled eggs and the aristocrat records. Y él empezaba, Milonguerita linda papusa y breva/ con ojos picarescos de peppermint...[33] Y yo, Bandoneón arrabalero/ viejo fuelle desinflado/ te encontré como a un pebete/ que la madre abandonó... Él fue adorable, me enterneció y enterneció. Parecía que cantaba igual que un señor de los cielos. En la confitería Munich, enfrente de las filas de álamos, ya fue tarde para

---

[33] Del lunfardo: papusa, muchacha hermosa; breva, dulce como la breva de una higuera.

tomar el desayuno. Además, no tenían scrambled eggs. Él no sabía cómo ocupar las manos. Creo que yo estaba monísima con mi pullover alargado y un dejo. A veces él miraba con fijeza alguna parte de mi cuerpo. Pensé que se trataba del relieve de los muslos a través de la pollera. Entonces extendí las manos abiertas, para cubrirme, en una postura seguramente ridícula. También, como si él me absorbiera, sentí que mi cuerpo se conducía hacia su silla. Y me replegué. Si acaso esperaba un ataque o seducción, o un atisbo; que no debería, de ningún modo, no debería ser posible. Aunque me atrajo su silla, con el deseo raro de agacharme y acariciar algún borde. En un balanceo. Y abatatada, encogida. Hasta pensando de la manera peor, que eso era actuar igual que una cabaretera. Hasta cantar en pensamiento, de la manera tristona, Soy la pebeta más rechiflada/ que en el suburbio pasó la vida/ soy la percanta[34] que fue querida... Hasta darme cuenta que, de una manera kitsch, tenía los ojos mojados. Después, todos regresamos a los automóviles. Nosotros dos yendo despacio y tomados del brazo, y en silencio.

---

[34] Del lunfardo: abatatada, avergonzada; cabaretera, mujer que trabaja en un cabaret; rechiflada, loca; la percanta, la amante.

Otra vez, el sábado, fuimos a la costanera. De vuelta el cielo se encapotó. Los árboles álamos y los árboles tipas pasaban rápidos. Corrimos con el automóvil Studebaker. Se arrugaba mi vestido y se me destapaban las piernas. La pierna de Tío Pagano, la izquierda forzuda, fue tenaz, empujó la mía cuatro veces; en una racha mientras conducía. De modo intruso lo hacía, frescamente y humorísticamente. También acaso por apremiarme, porque hubiese una atracción cercana, menos telepática. Y dos veces me desarrimé, como sin ponerme en la molestia de seguir una broma típica. O de seguir esa otra idea que él parecía despachar. Pero la tercera vez, en un hilo de voz, le dije, Para qué tío Pagano... La cuarta vez debí poner un morro, ceñuda, pero él siguió en el estilo lejano de automovilista. Aunque bajó ligeramente la cabeza. Más un sonreír. Entonces me sentí exhausta, o abstraída, o desgraciada. Y el corazón rumoroso. Hasta con alguna ansia de gritarle ridícula, Por todo bien y mal tocame de nuevo, tocame otra vez el tafetán que cruje y el muslo y la rodilla. Mientras atrás, el chauffeur, Dionisia y Nina no se enterarían.

Eso le narré a mi paño de lágrimas, mi Angelika, porque ella, en tanto abogada y alemana, sabría definir los enredos. Y le agregué que me amparara, que ya no pensaba qué persona yo misma deseaba ser. Y me embriagaría y me chiflaría, chiflada de mis propósitos. Tan me pasa... Porque no querría imaginarme desenvuelta. Ni vivaracha. Ni sin lógica. Ni ser su acompañamiento. No querría imaginarme que él me desvistiera. Que si era necesario, ella, en su modo atractivo impresionara y desbaratara a tío. Que me enseñase una argucia para quitármelo del sueño. Que se suprimiera todo. Antes de salir de su casa, en el vestíbulo, antes de ponerme el sombrero, cerca de la puerta cancel y al lado de un perchero, me acarició el pelo, mucho, un rato. Y con tono radiofónico suave, dijo, Lo malo es que sos la sobrina. Lo malo es que, adonde mires, no te vas a librar de él. No creo que puedas retroceder, ya no. Lo malo es que todo a lo largo sí te rechiflarás. Enseguida me tomó las manos y me las apretaba y friccionaba. Y repitió veces, Kalte Hände, warme Liebe. Que era como decir, Llevar las manos frías es tener el amor caliente.

Igual que si en un Suplemento de la Amante comenzara a leer el aviso, Ahora usá el jersey deportivo. Con toda claridad quiso tío, que fuera de otro modo mi cadera y el muslo, el de su lado. El vestido de jersey cosido con hilo irlandés me apretó de una manera creciente, para que mi cuerpo rebosara. Compresión firme no púdica del jersey, también de su brazo contra mí. El paisaje fue, sombras azules por mis pechos y cuadrados azules sobre el vientre. Y puesta debajo de árboles de Cézanne. Adentro mi fermentación. Pero no tanto asustada. Y tuve una mano abierta para empezar explicativamente. Entonces vimos ir dos autobuses bañaderas que llevaban por la ciudad a unos niños excursionistas. Después sentada en otro lugar, de hombros sí contraída, con el vestido de las sombras químicas y luz vaga, fui una atractiva delicada. Puesta la escenografía una se convierte en cosa poética. Y cierto almíbar. Y permanecí, con mi tez cálida, los ojos quietos, más la suprema sencillez de un peinado moderno. Hubo entre nosotros las incrustaciones de ideas casi románticas. Él se inclinaba hacia mí. Sentada ahíta, por la falda siguió la mezcolanza de azules. Todo eso y de mi parte de lenguaje, si lo hubo, small talk. Porque no fue de una buena prosa hablada. Porque sería yo como de un sindicato de mujeres sosas. Pero entonces pasé mi lengua por mis dedos. Este día él me tomó de los hombros y recliné la cabeza. Con la cantidad de sospechas, en algún momento pensé para mí, Why shouldn't you and, shouldn't do what, darling?[35] Y cambiamos besos incómodos. Y nos besuqueamos un rato. Yo con los brazos colgantes. Por una vez, quiso crudamente que pusiera mi lengua entre sus dientes. Como si él fuera marido. Isn't it humorous how the scenography plays tricks?[36]

---

[35] ¿Por qué no deberías, y no deberías hacer qué, cariño?
[36] ¿No es caprichoso cómo la escenografía juega tretas?

Antes de que el mes acabara fui su amante. Empezamos no en el mejor hotel de Londres en Mayfair, no en Grosvenor House. Los actos de tío Pagano fueron los de un dios jugador de cricket, empeñado.

Había una vez, maniquíes acoplados. Yo que me estiraba sobre la cama, para una post-card atrevida. Había una vez, unas almohadas largas. Él tendido largo en su rusticidad, como hecho de muslos, de tientos y bragueros. Que calculando de mi vanidad me decía palabras tenues al oído; Para un vestido raro, te quiero regalar. Y yo, Estás cumplido, no tenés que regalar. Entonces movía su mano plana. Lo veía oscuro, y en mi atelier amanecía. Una persiana dejaba llegar apenas hojas de luz. Puse atención a mi propia voz. Era como melancólico poner atención a la propia voz. Y ponía una atención en la temperatura subida por mi cuerpo. Sin idea arañaba allegadiza, le hacía rayas a su pecho, con suavidad, con dedos pestañas. Pero él estaba para más y mejor. Pero mis orejas sentían atrás una brisa, creo que se enderezaban hacia atrás, y sería de un miedo animal de mostrarme a él, anatomista, por sus miradas en requisa. Me calenté debajo de la enagua blanca. Me temblaba el vientre. Y estuve de una ansiedad. Pero él sonrió, igual que seguro y deportivo. Me persuadía. Con pausa me palpó en sucesión, y giraba sobre mí con su muslo exagerado. Desataba mis piernas. Un aliento pasó a mis piernas. Encadenadamente: Me tomó con las manos nalga y nalga. Me empujó a encorvarme. La enagua crujía. A llenarme de resina pegajosa. Llevarme de algún ataque de hipo. También gritar al cielo raso. La luz se afectó. Pasaron más lombrices de luz. Till the light worms were legion. So my evil could be disengaged... shamelessly...[37] Piaba el amanecer. Para la dama y el animal zorro empezó fino el amanecer. Después, el animal se apartó: ya no estaba. Estiré como loca la enagua. Pronto me senté en el suelo y recogí las piernas. Con un puño apoyado en la mejilla miré un fondo. Sola y un apenas enojo. Porque él desaparecía ladinamente.

---

[37] Hasta que las lombrices de luz fueran legión. Así mi maldad podía ser soltada... desvergonzadamente...

Hacia la medianoche, en la casa de té, pude haber cantado como una beduina perversa de la School, sentada en la banqueta, donde junto a las otras beduinas perversas, me sacaba el vestido por la cabeza: When I was young, in my prime...[38] y etcétera. Además: Please don't mistreat me... mm... mm...[39] Cuando con tío Pagano atravesé la casa de té. Y fue exasperante el paso apurado concreto de él, para no atender a lo distinto, puertas, mesas, una gente, unos grupos casuales sentados, las luces verdes. Nos desprendimos del porche y lo acompañé inconsciente, no espléndida espiritual, no simulada como una figura neta buena: una Madonna con una arveja flor en la mano. Ya no andaba por la vida neta. En mi vida común restaurada, no necesitaría de él ni de otro, ni de su tedio, ni de ir incongruente por los salones. Pero caminé fiel, fiel patética. El vestido flotaba de mis hombros. Avanzamos oscuros, yo en mis tacones altos y las piernas vibrando.

---

[38] Cuando era joven, en mi albor...
[39] Por favor no me maltrates... mm... mm...

No sabría una manera de escapar. Me condujo por el codo. Era como una demi-mondaine que iba entre sillas de jardín, entre un polvo débil, pisando ladrillo desmenuzado. Acabadamente la perra y su whistler. Después, sin una luz atrás. Después, metidos en lo tupido, por entre unas plantas fibrosas, hubo el hecho casi glacial. De golpe se detuvo. Pronunció cortante, Quedate ahí, lo haremos sin historias. Así las pupilas me subirían hasta las cejas. Así él me pareció, más que antes, un corpulento brusco, uno que escruta y es el hombre de montaña áspero, que llega esta vez para aferrar a la chica de llanura. Una sabe. Tratada con rudeza constante como pedazo de tierra física, un pliegue de tierra que se desbroza. De eso una sabe. Humedecida, balanceaba las caderas. Me saqué de un lado el bellísimo pendentif. Levanté la falda. Él arrimó las plantas con ruidos y añicos. Gruñó. Me tocó mucho. ¡Kirieleison Señor apiádate! Algo me alzaba, y pisando con las puntas de los pies, muda, mudos, hicimos la cópula a empujes según el dibujo anatómico de Leonardo.

Tomé whisky y ciruelas azules ásperas embebidas. Después, acostada boca abajo, sufrida, tuve las manos abiertas apoyadas sobre la cama, a lados de mi cara. Con una miserable sonrisa estiraba el cuello, como lo hace la horrible cabeza de una tortuga. Pero en vez de caparazón estaba mi hondonada lumbar. Empiné el traste y él me bajó la bombacha, un poco; no me descubría completamente las nalgas y todavía así las acariciaba y yo esperaba su decisión. Después de un tiempo la bajó hasta los muslos. Se demoraba. Yo esperaba su decisión. Se demoraba y su parquedad y sentí un miedo, un avergonzamiento; doblé las rodillas. Las piernas quedaban hacia arriba. Y así. Y él me dijo, Se trata de un recreo. Entonces lloré con sacudimientos. Llena de congoja, llena de sacudimiento. Porque temo aquí mismo describirme. Porque me parecí dibujada de los más feos ángulos. Porque esto fue peor que si él hubiera dicho, ¿Te encogés serpiente, huís, serpiente? Cuando sin cortesía me investigó y agobió. Como un médico apuesto, frío, con los instrumentos fríos, con las pinzas y una jeringa vidriosa. Que empieza por actuar su versión en la cama. Para una historia de la que él es dueño.

Y se demoraba. Y me atisbaba y se demoraba. Y estuvieron mis ligas sueltas sobre mis muslos, con unos roces frescos. Y las medias blancas. Y me aparecía un exabrupto eléctrico por el cuerpo. Y tendría deshecho el maquillaje, la oscuridad debajo de las cejas, el polvo oscuro de los párpados; el kohl que rodea los ojos. Y mi vestido levantado burlesco. Pero aplastada no podía mirarlo y abrazarlo, hacer suave la noche del sábado. Sin rencor. Entonces vi el lustre escarlata del piso, el abarrotamiento de patas de sillas, una sola pelusa gris. Tal vez no importaría mucho esto, si quedara en nada más que un hecho. En un uso irónico. No importaría si después él me hubiese tomado y besado. Si lo que escribo se volviera solamente un cuento técnico. O fuera apenas una letra de blues:

María Iluminada was on her bed so low.
She drank sloe whisky,
With drooping lashes
She moaned, Ouch!
She said, caught how long?[40]

---

[40] María Iluminada estaba tan hundida en su cama./ Ella tomaba whisky con endrina,/ De pestañas caídas/ Ella gemía, ¡Huy!/ Ella decía, ¿Atrapada cuánto tiempo?

No siento el cuerpo. Si él me mira siento el cuerpo. Cuando estoy enferma siento el cuerpo. Cuando él me mira siento las articulaciones casi dolorosas. Y tienen mucha presencia mis dos pechos. La urraca puede gritar debajo de la mata. Mis muslos toman la forma de los de las mujeres africanas. Su mirada me prepara. Así me tiene preparada. A veces desarreglo la melena. Se me puede ocurrir, Qué poca soy para lo tanto que es él. Tengo unos árboles enfrente y ya no sé como se nombran. Porque el cielo no es ajeno un viento zarandea. Otros árboles se han ramificado y deshojado. Me animaba a mí misma, You should, wrap him up.[41] Porque no hay nada mejor que nuestro amor; se rebajaba lo demás. Se desvanece la ciudad, los edificios se dibujan leves, las partes de las calles son apenas herrumbres y las nubes mohosas. Comprobación: me ha llegado la piel de gallina a las mejillas. Y un ritmo sutil de temblores. Una dicha. Unas humedeces. Cosas de mi cuerpo y como siendo íntegramente material.

---

[41] Deberías, envolvelo.

Si el amor sube a la cabeza como unos drinks, sube más que las pretensiones, ¿no podría estarme en una pausa, en una rebaja del amor? Él ponía lentamente la mano en el bolsillo del pantalón. No tenía la cara de hombre que viniera a castigarme. Yo hablaba monólogo, hablaba tornadiza, él no me ha mandado callar. Yo arrugaba la falda entre las piernas, con gesto inquietante, y hacía un desarreglo impropio de mi vestido. Pero siguió su sigilo. Pero él no ha dicho, Soltá la falda, pizpireta, no muestres el deseo extravagante delante de las amigas. Pero también lenta, su mano me levantaba el mentón. Yo cerraba mis puños débiles. No he podido hacer de ingenua ni de hechicera, ni de quejosa; ni molestarlo con escrúpulos. Siempre en esa tonada sí. Si hay otras mujeres, de lejos parecen sonreír. Se nutren de mis ridiculeces, de mi trato de los hechos, de un hacia adonde me encamino. ¿Qué harías vos?, le hubiera preguntado tal vez a una amiga.

Estuve paqueta,[42] vestido demi-saison, cloche, bijoux modernes Técla, silhouette affinée. Guantes; la greca del cierre de la cartera completaba el conjunto. Me miré en los espejos, no faltó detalle. Pero en el último instante me saqué la bombacha. Salí a la calle sin bombacha. Menos que una bataclana.[43] Bien insegura. El cielo estaba lleno de estrías. Había un viento débil, y tenía el viento en la lengua. Mi vestido tan liviano. Mi vestido flotó. La falda se me pegaba a las ingles. Una vez la apreté entre las piernas. Imaginativa, armé una historia para el viento, agregada a la historia de la lluvia y de Connie Chatterley, mi favorita. Y otra agregada a la cinta, *Aquel amor que peca*. Y a una Gloria Swanson cantando por el viento. En veinte minutos me encontré con tío Pagano para entrar al atelier. El zaguán estaba helado. Él me dio una palmada atrás. Enseguida se dio cuenta de mi desnudo, y le dije de voz muy baja, Peor que una bataclana hoy. Él no me hablaba.

---

[42] Paqueta: lunfardo, elegante.
[43] Bataclana: lunfardo, bailarina en los teatros de género frívolo.

Dios no habla y tiene su sistema recio. Quise tomarle una mano, la apartó. Luego traté de ser ocurrente, una clase de soubrette. También una mala suplicante. Después adentro, ya sin ropa y dos escalofríos, fui the Little Mermaid. Entonces él me besó los pechos del modo que besaba mis mejillas. Me estreché a él; parecí ilimitada. Y mis piernas celosas. Empecé moviendo en un lado y otro mis ingles para sentir su sexo. Le dije con atolondramiento, No pierdas ni un segundo. Tuve una sed de él; o un devorar. Abusó de mí. Y gocé. Abusó mucho y así por nadie nunca fui abusada. Y dormí de través sobre el ancho de la cama. Durante la tarde y hasta la anochecida. Y luego miré las persianas azules y los vidrios verdes. En otra ventana la luna. Trasladaba y exprimía de líneas de e. e. cummings, Quién conoce si la luna, un globo aerostático, creciendo de una aguda ciudad, en el cielo; que casas, agujas y nubes, fueran navegando, lejos y lejos navegando, en una ciudad aguzada; la cual así de nadie nunca visitada.

Ahora María Iluminada se incendia, al lado del crackerjack.[44] Entré a su automóvil. Con mis celadas. A la caja de vidrios y asientos de cuero, detrás del parabrisas recto; debajo de la capota gris, áspera, larga. Anduvimos, por la calle por la tarde, rodeados de arcos de plátanos. Y estuvieron las sombras del otoño tensadas y los árboles goteaban de sus hojas rojas. Teñían nuestros párpados y manos. Después, en su casa nos esperaba el café, y le dije, Es de necios salir con este tiempo. Las palabras me llevaban. En su casa quise que él se dedicara, fuese acariciándome la cara, ahuecándome el pelo. Porque lo cuidaba y entibiaba para que él me acariciara. Le pedía que actuase, por el empuje de sus músculos duros y de su piel que chirria y cosquillea. ¡Qué choque! Y fuese impaciente; para que una excitación me subiera hasta los dientes, y hasta las manos y llegara por los meñiques. Quise sus caricias excedidas en el cuerpo. Que me bajara los breteles porque él supiera cuanto de frágiles y frescos eran mis hombros.

---

[44] Crackerjack: slang, sobresaliente o experto.

Que ya se desmoronaban. Y que como a una bailarina privada tomara mi talle delgado. Y sintiera mis pechos ya en punta y me rozara los pezones. Y las nalgas crecidas y permanentemente movidas. Que tocara lo liso de mis flancos. Que me girara así y así para hacerme graciosa. Puramente como una taza tibia trémula en sus manos. Y en este dichoso cuarto de nuevo fuese impaciente, para que estuviera intensa y más intensa, con los ojos apretados. Que él dijera algo, propicio; aunque fuese algo manido. Entonces en este dichoso cuarto él hizo lo que debía seguir. Y yo en lo que siguió, en la duración, en el abandono, estuve con esa costumbre de musitar, de decir un achicamiento de sílabas. Entonces, después ya suaves, por seguir, tomamos un Bloody Mary: vodka, tomate, salsa Worcester, tabasco y pimienta.

Invierno del 31

En mi estudio se veían colgados, el pincel de vetear, el pincel de estarcir, dos para trazar líneas, un pincel de ardilla, uno de cerda plano y otro redondo, una brocha también de pelo de cerda, una brocha de azotado, un cepillo para extender veladuras o conseguir efectos de arrastre. Los mangos eran mínimas pértigas naranjas contra la pared pintada de verde inglés. En las repisas estaban los tarros de cola de conejo, de pan de oro, de cera con betún de Judea, de cera de abeja, de tinta de China. Y un tarro chato de temple al huevo, y el tarro para preparar el temple a la caseína. Y seguían otras repisas con vasijas cerámicas, también de colores anaranjados y llenas de pinceles parados o inclinados, que resaltaban contra la pared de verde inglés. Tío Pagano miró sin apuro verificando. Advirtió cada cosa. Habló nada. Esperé apoyándome de una mano en la mesa de bricolage. Había cuadros en otra pared, eran réplicas o pastiches, o unos estudios preparatorios. También había finos aguafuertes y aguatintas. Pero ahí la luz llegó pálida. A esa hora la luz natural era débil. Y algunas réplicas serían minuciosas, aunque sus méritos no se notaran. Creo que mis párpados estaban desvanecidos.

Cuánto podría despreocuparme de sus miradas. Porque él miraba cambiaban los colores. Y el lugar aumentaba de promesas. Pero me vino un miedo. Tosí, y la tos me provocó un sobresalto y una irritación. Y ese miedo continuo de enfermar como mis primas. Al moverme sentí el estiramiento del vestido contra mi cuerpo.

Rodeada de un marco dorado rojo estaba la reducción escrupulosa del cuadro de Edvard Munch, *Puberty*, con la expresión de un padecimiento; que era una parte de pigmento negro extenso. Me expliqué a mí misma, apuradamente, que el padecimiento era un estado natural en la mente de la niña desvestida. Por lo cual sus manos solas cubrían la parte sola de la vergüenza. Ya me emparejaba. Ya me susurré, Nací desvaída. Y me susurraba, que mi propio autorretrato sería una esperanza. Aunque sin saber por qué una esperanza. Y empecé a elegir lacas para disfrazar mi autorretrato. Como para una gramática de colores, convoqué unas de oro árabe, unas de azafranes, las de rojo nimio y las rojas de alizarina. Y unas lacas de geranio, lacas rojas que se vuelven azules.

Hoy puse los dedos abiertos sobre la falda. He pensado, Mi amor está, que no se vaya como un gato. Mis amores estuvieron. Se fueron como los gatos ágiles. No porque no les prestara una atención. Hoy he querido ensayar otro sitio para el caballete y el espejo Modern Style de Jacques Ruhlmann. Hice gestos afirmativos con la cabeza; pero no estuve segura, en el piso de la calle Tucumán, sobre cuál lugar venía bien para ese espejo vertical rectangular. Y me quitaría el vestido. Que no es para la estación. Que es asargado, en lainage, de color beige y adornado con bordados de estilo egipcio. Que costó sólo cuarenta y nueve pesos en Casa Argentina Scherrer. Y quitármelo y decretar la frase kitsch, Quedaré como una flor de intimidad. Un lugar propicio será el jardín de invierno. Hacia el fondo tiene una vidriera.

La lluvia se deslizaba por los vidrios. La constancia de la lluvia fue estirando las casas de líneas italianizantes, a veces muy azuladas, a veces en tenues azules. Unos árboles fresnos brillaban. Se habían ido las visitas como en tumulto, como sin aviso. Oí el clang de la puerta al cerrarse. Entonces sola, me desvestí frente al espejo grande. Me saqué el vestido de lainage beige. Me saqué el corsé. Ya había soltado las ligas blancas. Deslicé la combinación, el corpiño, la bombacha, las medias Gui. Ya había arrojado los zapatos. Pareció que se agitaba la casa. Para belleza y jauja. En un primer riesgo, en un parpadeo eché las miradas huidizas; así cada parte de mi cuerpo se hizo de un escorzo. Y más fresca la piel, de una tierra de Verona. Los pechos cenicientos, los pezones castaños, mi vello matojo. Quizá era una diabla entre vidrios. O una Cayetana de Alba entre vidrios. Por un momento la tormenta alumbró. Una planta negra de hojas aguijones temblaba. Luego sobre este desorden empezaron unos crepúsculos. Me abochornó ser la copista con errores de copia, de yo mujer en desnudismo y gestos. Una desnuda risquée en un cuarto grande. ¡Chss!, esto no debería escribirse. La luz se extenuaba. Estuve sobre las tablas del piso; vertical, de puntillas, con mohínes. Fue un lirismo de mi gusto. No hubo un gato sobre un paño. Con una mano plana hacia atrás me apreté el traste. Con los dedos largos de otra mano me apreté los labios retocados con el lápiz Tangee.

No elegí dibujarme como en la fotografía de la ilustre Nancy Cunard, *Ladyship*, cargada de brazaletes de madera. Ni elegí pintarme igual que en el cuadro, *Laurette à la tasse de café*, de Henri Matisse. Para ser apenas una desvergonzada reclinada, de muslos a la vista. Pero he maquinado nombres que fueron seguidamente, *Mujer sentada*, *Mujer del turbante*, *Desidiosa en el baño*, *Retrato de una desconocida*. Finalmente me pinté desnuda con turbante de toalla blanco. Fue un óleo sobre madera de álamo, que llevó marco de hierro negro martillado. Medido, 147 por 94 centímetros. Para mi figura soñolienta o perpleja, detenida o bailando en el aire, no se sabe. Estaba a mi derecha un maniquí español, que era un torso de madera de limonero sostenido por un pie de hierro. O sea a la izquierda en el espejo, y el cuadro. Mi brazo derecho, o sea, el izquierdo en el espejo, estaba puesto hacia lo alto de la cabeza; mientras mi brazo izquierdo, o sea, el derecho en el espejo, estaba dirigido hacia abajo, para la intención de sostener con la mano un pie. Así pintaba en el cuadro la figura soñolienta o perpleja del espejo; donde toda la derecha estaba a la izquierda y viceversa. Así el maniquí español, con naturalidad, se hallaba hacia la izquierda en el cuadro. Eso me molestaba. Y me molestó la desproporción del turbante y la cadera, hasta lo exagerado. Porque los pinté así, para que los viera así tío Pagano, para su ansia, e hice la cabeza pobre, con una gota de sudor en la mejilla. Y el turbante mullido. Y representé en dos curvas lo mullido. Hice tonos agudizados para alguna furia de colores. Aunque también resguardaba unos tonos simples y lisos. Puse luces que comentaban cómo la piel se amolda, cómo se notan virutas de luz cuando la piel es igual a un parche de tambor.

El cuadro es mi comentario. Allí me di a él, sin una ropa lucida. Sin los pudores de lo que se tapa y destapa del cuerpo. Con candor le diré, La pintura es para darme a vos en dejadez y desnudez, para ese encargo. Y dañé el color con raspaduras para salpicarlo de escarcha y moretones. Y terminé los campos del fondo. En la parte superior izquierda puse una persiana, añil, y una ventana de vidrios verdes. En los planos inferiores puse una penumbra extensa, embermejada. Puse el pubis de plumas oscuras, porque mis manos no se allegaban para cubrirlo.

El cuadro es como el comentario de una bruja escocesa de pelo cobrizo; experta en dominios, que enseñaba cómo una mujer debía comparecer, con una mano en lo alto de la cabeza y el talón de un pie tomado con la otra mano. Por ofrecer para dominio, lo que de cuerpo hubiera entre esas manos.

Quizá ha sido extraño el cuadro. Como de varias líneas de fuga. Había puesto unos puntos negros, nadas, no unos bonitos ojos color de avellana. Y eran cosas fluidas las mamas. Me venían ideas de figura plana; de fineza de enamorada. Aunque no soy de pincel neto como Tamara de Lempicka, cuando pintó *Kizette on the balcony*. Donde París es unas partes cúbicas y su hermana es redondeada. Ni pinté un cuerpo liso horizontal como *Le grand nu* de Amedeo Modigliani. La semidormida alargada, con lindo pubis. Por eso cerré celosamente la mano sobre los pinceles. Me provoqué una sonrisa trivial. En el tiempo de secado me sentaba por el suelo, lejos del cuadro, como a tres metros. Para otra ocasión de mirarlo. Y no me miré otra vez en el espejo Jacques Ruhlmann. Entonces tenía puesta una simple camisa y sentí un frío irracional. Entonces oía la música de la mañana, que era un ruido de la ciudad más un poco de bugle y de fagot. Entremedio mis virtudes disminuidas. Y sentada por el suelo; como aquel día en que fui conseguida y cogida por tío Pagano. But, beldame on the floor, observa diminutos encantos. Porque tenía todo lo más, mis ojos ante mis ojos y ante mis pechos, y el almagre rojizo. Y las plumas ceñidas oscuras de mi pubis. Pero como vi además en el cuadro, las persianas dibujadas azules, me acordé, inquieta, de la puerta de tablas de celosía por donde había espiado, una vez, a Dionisia en el baño de lluvia. La figura del buen estilo. Y también me acordé a medias del oficial ojos azules, de su retrato que no traje a Buenos Aires. Por eso, extenuada, apoyé mi cabeza contra la pared. De nuevo oí el ruido de la ciudad, el estrépito de los tranvías. Y me preguntaba, Qué sonrisa de tono. Qué persianas. Qué dudas antiguas. Qué asuntos de antes estaba usando. Mientras el alma se me venía a los pies. Porque me puse así; porque estudié las imágenes recuerdos como despachos, que llegaban sueltos y pasaban por turno.

Me vino la frase, De invierno a invierno. Esta vez, sentada en una butaca standard de madera de haya y de piel y de latón, reí, con las manos cruzadas en el regazo. La luna subió detrás de los vidrios, cruzó las plantas; llegaba a los muebles pesados para pintarlos de tiza. Cuando vi que tío Pagano desbarataba su sonrisa, apenas parecida a una sombra de pañuelo. Pero fueron inútiles las dos maneras, y la mía tonta. Cuando correrían unas ideas que no acordábamos en decirlas. ¡Dios santísimo!, ellas Irma y Pirica, tan jóvenes enfermas. Y yo que llego a mi edad de treinta, con los golpes de temor, ocultando si puedo mis toses. Y parecía que no determinábamos nada. Pero nuestros orgullos se encaramaban de centímetro en centímetro. Para ese encuentro como antagónico. Cuando él, en un momento dijo, Por consiguiente..., no escuché lo que siguió de lo dicho. Pero ese término casi insensible, Por consiguiente..., me prestó un sentido de final, de lo inexorable de nuestra separación. Por eso corté el juego de cualquier risa, cualquier tosquedad de risa. Me volví hueca. Y no atinaba entonces. Porque esta separación anunciada, esta mudanza de suerte, tal vez presentida, me hizo detener por unos días la escritura. Pensando en maneras de, ni fu ni fa, o en unos tristes noes y adioses, quise tirar mis dibujos escritura alineados de cuadro a cuadro de los días, esos ensayos fugaces, como cosidos con puntadas de hilos flojos. Y me volvía tic tac la frase, De invierno a invierno; y luego, inconexa, recordé que mamá me había regalado dieciséis libras esterlinas en el tiempo de mis dieciséis años. Al tener la primera regla. No sé bien si para consolarme de la desgracia, o por el éxito después de lo tanto que ella esperaba que eso me viniera, de invierno a invierno. Que no era mi espera, porque yo no quería que llegara. Agazapada como en un morir. Y ahora, idénticamente sentada en la butaca de madera de haya y de piel y de latón, deduje, que cuando él me dejase retornaría a mi alma limpia, miedosa. A los pequeños miedos nocturnos. A estarme recogida, sosa. Y automáticamente, perdería unos recursos de provocación y de influencia. Aunque esperaba otra sucesión de ideas. Porque mi pensamiento giró siempre esmerado sobre nuestro amor de este año. Cuando estar junto a él fue tan cierto.

Y me intranquilicé de todo y de mi sensualidad. Me inventaba de muchos modos. Me inventé como una mujer de capelina color paja con adornos de cinta. Para un posible dibujo en papel Manila, en la tapa de una revista de modas. Una señorita monocroma galana y afectada, montando una cebra. Una verdadera piel de cebra. Con una mano sobre la capelina, yendo por un sendero entre robles grandes. Aparecida para él. Por entre tilos y brisa, sobre la hierba que se doblaba. Para el tiempo en que no me importó lo que las personas hablaban de cualquier modo, de nuestro querer, oscuramente o claramente. Y lo que de culpa de causas me echaran a mí. Cuando ya no tuve que pasar momentos ocultándome. Cuando iba con un empuje de necesidad de cariño, que me volvía desjuiciada. Encendida. Y así no acepté que él tuviera que irse. Y ahora él, de menos tacañería y aun pagado de sí mismo, debió bambolearme y tocarme y susurrar a mi lado. Debió usarme con su dureza, como cosa rústica. También no, pero así, como a un instrumento músico, desde el pianissimo al forte, al fortissimo. Mientras yo, esta vez, mansa y con mi ruego de ojos, dejaría que él hiciera. O salvaje, con desfachatez, lo más afuera de la vergüenza que pueda idearse, en el cuarto de postigos y crepuscular, jugara al imbroglio ridículo del sexo; con un vestido puesto de sarao, de lustroso satén en tono claro de luna, y rebatido y plegado con destreza con minucia. Pero él se irá de todos modos, como el gigante de Cornualles, el gigante así tonto que se debilitó. En el día fechado. En abrigo y sombrero. En su, además, gigante Hupmobile 1930 de un azul de Prusia muy frío, muy fuerte, con claxon, de capota que luce y unos asientos en cuero selecto. Y nos hemos hallado no tranquilos y desgraciados por el último tiempo. Y desconcertados. Y no concordábamos. Y me sentía plantada inflamada, mientras mi pena y mis ¡amame! llegaban, tanto y tanto contra sus dudas o su desapego.

Tío Pagano partirá sin el chauffeur, en el Hupmobile, a Monte Hermoso, donde en el verano estuvo fotografiándose con mujeres bañistas. Si él me avergüenza o me desacredita la culpa será de ellas, de ésas. Y me encogí sobre la máquina de escribir Erika. Deseé imitar un cuento de Kathleen Beauchamp, la amiga tísica, que mucho quiso Pina. Que sí es una adorable escritura. Pero mis relatos son nada más que aplanados, y siempre de un estar en eso de los celos. Cualquiera como tío Pagano podría deslucirme con la frase, Pero mi querida sonsa. Dicha en modo exclamativo, también indecente. Alguna vez las lentes le saltaron a distancia. Y él explicó que eso no era una torpeza, que venía de un agitar sus brazos al estilo italiano. Alguna vez, yo partí una taza en tres. Porque mis celos fueron también exagerados, turcos, no claros; dedujeron aun de apariencias tenues y hasta monótonas. Me perdía en los matices. Fusionaba todo en un puro suponer. Me apené y fumaba. Oh, *La Fumeuse*, de Kees van Dongen. Aún jadeé un poco, dispuesta entre el humo para besos y para ceder. Que yo esté debajo y él encima en un libertinaje. Porque también él es inigualable de dulce y áspero.

Me dije. Pero antes jugábamos como benditos. Jugábamos a la codicia, a las escondidas. Para mirarnos de soslayo y reíamos. Él tapaba la cara doblando la solapa. Yo lo miraba detrás de mi hombro levantado. Yo con un vestido de Elsa Schiaparelli. Él con un traje gris azul. Nos sorprendíamos, yo ardía. Y susurraba, Besame tonto. Y levantaba altas mis rodillas paso a paso. Y levantaba la falda. Y levantaba de nuevo altas las rodillas. Con los labios entreabiertos me apoyaba toda contra él. Él me llevaba colgada a la cama. A su lado eché mi suerte. Esta vez; ¿usaremos la noche?, ¿cómo se me morirá la noche? Me dije, Observá el viento que se levanta. Ya da unas sacudidas a los postigos. El invierno mudó todo. Me dije, ¿Cómo regresar a las páginas anteriores? ¿Cómo hacer volver atrás los meses rápidos? ¿Cómo volverlos para empezar otra vez este amor sustancial? Si él no me apresa. Si él escapa, ¿de qué manera me daré ánimo? Eso no lo puedo pensar.

Me serví un whisky con ciruelas azules ásperas. Ayer viajó tío Pagano. Hace cuatro horas que estoy pensando en él. Ya termina el invierno. La nueva estación exigirá vestidos de algodón ligeros. Como a él le gusta que use. Entonces me gustará que él haga lo de antes. Cuando me tomaba los dos brazos y me los apretaba y los empujaba hacia delante; que así los brazos me apretaban los pechos, y los pechos saltaban. Cuando hacía venirme unos placeres. Y los estrujamientos que me hacía. Y sus palabras someras estrictas.

Tomé el whisky con ciruelas azules ásperas. Que diluye los estorbos de la mente. No hago acierto para poner en columnas esta prosa, por llevarla a poema. Recuerdo las baladas nórdicas que aprendí en 1923. Ellas hablaban de dioses de interminables genealogías. Y de los dólmenes arrimados y de los campos con piedras obstáculos, como caballos de Frisia. Y de relieves bárbaros en los corredores de dólmenes. De la sombra que camina por el suelo. De las neblinas de las colinas.

Está bien, el whisky es un auxilio. Que él me imagine como un ídolo femenino marcado en pizarra, con cabeza áspera de lechuza, senos y collar, y brazos plegados sobre la cintura. No sutil. Los árboles de un jardín tendrán hojas extrañas. El viento atravesará. La luna ha de separarse de los techos. Se podrá huir de cualquier miseria de la mente.

Me cuesta repetir la balada y pensarla sin alteración. Tomo tragos. El último día me habló de sus campos. Me dijo, Para el tiempo que viene no están atrasados. Son de las frases agrícolas comunes, y someras estrictas. Que me conmueven, me hacen saltar de puntillas y abrazarme de codos. Y cantar las baladas nórdicas con notas muy adelgazadas. Como de corazón. Porque se habla de que los músculos pequeños de la garganta son de lisos, iguales a los del corazón.

Si las canciones tuvieran estribillos, o fueran de largas, de muy largas paralelas a una novela, él las escucharía porque tiene paciencia. Aunque me digo, que la misma sal de ese canto las corroe. Ya termina el invierno, y me gustará que una vez del nuevo tiempo cálido nos juntemos para algo cotidiano y doméstico. Porque llevaré un vestido ligero de algodón. Y hablaremos de las baladas nórdicas. Y de las efusiones de él. No me irá mal, porque él todavía me estrujará.

Primavera del 31

Comentan los diarios que hay un planeta más, con influencias, Plutón. Ayer llegué a San Miguel del Monte en el automóvil tan poderoso, como aquel que embistió contra una casa de la calle Lavalle. Vine con la montura nueva de gafas y masticaba un chicle Dubble Bubble. Es una historia natural. Hubo pájaros en fuga. Enseguida una llovizna y un vaho blanco. Hace frío. No es un tiempo como para comenzar la primavera. La casa de las tres tías de Pina es apacible. Está al lado de la casa de los Viñas. Ahora estoy en una habitación grande, piso descalza una hermosa Hammersmith rug. Quiero ordenar las hojas, las miles de palabras de mi Bedside Book. Que acaso tiene un parecido a esos libros que escribían las antiguas japonesas; unos pillow books de caligrafías. Se lo daré a leer a Pina cuando vuelva de su viaje por Europa. Las últimas páginas que escribí están muy desbaratadas. Escribo palabras que me decepcionan. Los párrafos están cortados. Hay condenadamente desórdenes, perplejidades, desdenes en mis ideas. Trataría de esclarecerlas. Pero he de hacer unas revisiones y unos arreglos en la redacción a mi retorno de Tandil.

Me agrada escribir hasta las horas avanzadas de la noche. También oír el rasgueo de la pluma. Ahora miro hacia la pared, o hacia el vano de una escalera. Es por un desconcierto y una aflicción. O mi desperezo. El piyama se me abrió entre los pechos. Encorvada, apoyo un talón en el canto de la silla, extiendo los dedos de un pie y los toco, llevo la mirada al piso, me abismo. Doblo más el cuerpo y hago el propósito de que no se enfríen mis ideas. Si escribo entre una calma y otra calma. Porque no debería. Caray. En verdad el frío y las ideas me vienen en una pedrisca.

Tío Pagano me dejó su automóvil número dos, el Studebaker roadster. No me dio ningún encargo, aunque él tiene campos en la parte de Rauch, antes de llegar a la ciudad de Tandil. Allí. Allí discutiré con mi marido lo de nuestra separación matrimonial y lo de la división de la estancia. Me digo que me sobra la suspicacia. No habrá amenaza que me asuste. Porque voy empecinada. A discutir, a discutir la separación. Por eso el encuentro es odioso. Quizá irrazonable. Por eso viajo así. No seré una miedosa lejos de casa. No querré pasar noches enteras anhelosamente, con golpes de temor. No seré una débil, lejos de casa. Pero quiero volver pronto al hogar de la calle Viamonte. Me arrebata manejar el automóvil. Mi camino continuará de lugar en lugar. Desde aquí hasta Las Flores y hacia Tandil. No toda la ruta es buena y ha estado lloviendo. En trechos el gris brillante de la ruta es riesgosamente fantasmal.

Ahora podría desbordarme. Tengo que saber por qué estoy así. Conviene que haga hincapié en cada idea. Que no se desarregle mi cabeza. Tías; dejen sobre las repisas los frascos de dulces de higo, de saúco, de ciruela. Hagan otra vez el riquísimo dulce de leche. Sentadas juntas; cariñosas juntas. El pañuelo de batista para mis ojos sobre la mesa. Fugazmente, no se notará, cómo tanto no me abandona la tristeza.

Cuando se fue Tío Pagano, caminé por los parques de Palermo. Vertiginosa he dibujado los árboles negros y grises. He dibujado con grafito. Dibujé los árboles que se volvían lamentables. Los llamé, Árboles de Presagios. Para los presagios imposibles, o las teorías. Creo ahora que es tiempo de irme de esos presagios irritantes y venenosos. Porque ellos tratan de cosas que no sucederán nunca. Porque son avisos atormentados que no sonarán en el cable de ningún teléfono. Pero sentí mucho el rumor de los árboles. Y dibujarlos me parecía normal. Como una serie de acasos.

Porque he dibujado los árboles hachados y los enfermos. Y unos venerados. Y unos de gestos raros. Para las comparaciones e infortunios. Y los sueños anunciadores. Como si fuera lo cierto que algún día no se oyeran los cantos en latín en las iglesias. O algún día no se vieran los tranvías amarillos por la ciudad. Y una vez derribaran la casa redonda de las ventanas cegadas, la casa de los Dorrego. Y Buenos Aires se tornara burlesca.

Y he visto un árbol deshecho. Claro que he visto ese árbol entre los otros. Presté atención al árbol deshecho. Pareció una instrucción que sujeta... Y dibujé ese árbol. De partes como de carbón. Sus pedazos arrojados por una ruta húmeda. Como si fuera lo cierto ver a una automovilista muerta, desplegada, con el dorso de sus manos sobre un asfalto. Y el silencio de sus pies. Igual que un pelele roto. Ya tan burlesca.

La tía mayor me trajo un té. Sus ojos son azules, las mejillas sonrosadas. Yo habré mirado las cosas del cuarto, ella habrá seguido el recorrido de mis miradas. Pero no fue así. Ella, recorrió con su mirada las partes del cuarto y cada tanto miraba si yo miraba su recorrer. Fue un ir, por las sillas altas y delgadas. De una austeridad de diseño japonés. Y por una butaca solitaria de madera de haya puesta en un ángulo, como un diseño de Adolf Loos. Fuimos por las envolturas de las penumbras. Por una mesa recién lijada y pintada, por un bol de vidrio pintado con esmalte, por una jarra de vidrio pintada con esmalte. Y la litografía de Jan Toorop, *Muchacha con cisne*. Y las paredes encaladas de tonos rojos leves y ocres penumbrosos. Y la carpintería. Las vigas de rojo veneciano. La vieja puerta chocolate y púrpura. Y las contraventanas. Todo empezaba a quedar lejano, de tono mate, o frotado.

Ella dijo, No debés ir; la niebla agarra. Ni ella bailó en la oscuridad, ni yo. Besame tía. Pensé. Encariñame con el bol, con los vidrios checoslovacos, con las vigas, con la puerta vieja. Mirá que miro. El cuarto no puede calmarme. Pensé. No me dejés sola en el cuarto. Que no concordás. También ustedes, mujeres de buen carácter, ahora están entristecidas. No hablábamos nada; ni abreviábamos. Recorríamos sobre las sillas de roble altas y delgadas que se apocaban oscuras. Recorrimos por la butaca solitaria, se apocaba oscura. Por la litografía, se oscurecía. Y recorrimos por las vigas, se apocaban. Por la puerta vieja, se apocaba. Ella otra vez dijo, No debés ir.

Porque sollocé despacio, acercaba mi melena a los vidrios, detenía la vista sobre el vidrio de la jarra. Que tenía figuras, wild roses, lilacs, spindly flowers.[45] Un arquitecto las hizo, de luz entre penumbra. Wild roses de tallos gastados, apenas lilacs, líneas gastadas en las spindly flowers. Pero cuando terminase el viaje me aliviaría. O mañana habría de quedarme en la galería por ayudar a las tías a pelar las habas y los garbanzos. Sentada me quedaría entre ellas. En esa galería del patio. Si persistiera el temporal.

---

[45] rosas salvajes, lilas, flores largas delgadas.

Amanecerá pronto. Al amanecer quizá continúe la llovizna, como ahora. Igualmente viajaré. Terca, por la garúa y la ruta húmeda. Sacaré del garaje el automóvil Studebaker amarillo, de guardabarros negros. Sin paragolpes. Grande, lustroso de la humedad. Porque tercamente lo pondré en marcha. Habrá las trepidaciones tenues. Habrá mi olor de mujer y de jabón Pears, y el olor del cuero de los asientos y el de las puertas y de la capota y el olor tenue a nafta. Habrá atrás un humo tenue azul naval. Mi vestido será azul profundo. Acaso también los de las tías que saludarán con efusiones medidas, desde la puerta de la casa, al lado del cantero de agaves. Sí, los perfumes de mi cuerpo y del jabón de baño y tal vez el de unos toques por las sienes de la Renommée d'Orsay. Tal vez también un perfume como de una varilla de incienso. No siento, o sí, los dolores de la Madre Virgen por mi pecho atravesado. Sí e. e. cummings: she being Brand/ a/ little stiff i was/ just as we turned the corner of Divinity/ avenue i touched the accelerator...[46]

---

[46] ella siendo Tizón/ una/ pequeña tiesa fui/ justamente cuando doblamos la esquina de Divinidad/ avenida toqué el acelerador...

Y Studebaker atraviesa, y a los costados pasarán las ramas, numerosas agudas, en la llovizna fina y el vaho blanco. Por este tiempo extremado que no corresponde a un comienzo de primavera. Y me veré en un dibujo de Sonia Delaunay para *Vogue-Optical Dress*: A sportswoman with a helmet and goggles and attired in a startling zigzag-covered dress, on her gleaming roadster.[47]

---

[47] Una mujer deportiva con un casco y gafas de camino y ataviada de un pasmoso vestido en zigzag, sobre su destellante automóvil sport.

Hace muchos años Pina leyó
The Bedside Book of María Iluminada.
Cuando pasé por San Miguel del Monte
me lo dio para que yo lo guardara.
                    Nicolás Peyceré

Índice

Los días ingleses 9
Otoño del 30 25
Invierno del 30 59
Primavera del 30 97
Verano del 31 117
Otoño del 31 139
Invierno del 31 175
Primavera del 31 195

Impreso por Grafinor s.a.
Lamadrid 1576, Villa Ballester, en el mes de abril de 2005
Ruff's Graph Producciones, Estados Unidos 1682 3er piso
ruffs@speedy.com.ar